미스트 바운드

미스트 바운드

② 다섯 가지 불의 시험

대릴 코 지음 | 정보라 옮김

아울리

PART _ 03

미스트 끝에서

Far Eastern

카욘 나무

휘파람 수풀

하구

페라후섬

Mist Map

우종섬

미스틸의 감춰진 비밀

버려진
황무지

illusted by Silly Jellie

MIST BOUND

PART _ 03

미스트 끝에서

18. 안개 낀 창문

알렉시스가 미스트를 떠나 할머니 할아버지의 숲속 오두막으로 돌아온 지 일주일이 지났다. 여기 지구에서 시간은 정말로 달팽이 기어가는 속도로 움직이는 것 같았다.

할머니의 고향에서 시간은 귀한 것이었고 겨울이 끝나기 전까지 끊임없이 닥쳐오는 온갖 장애물과 고난 때문에 긴장을 놓을 수가 없었다.

그러나 여기 지구에서 시간은 풍부했다. 그리고 가장 힘든 고난이라면? 지루함이었다. 완전 지루함. 마음속으로 시계의 무거운 시침과 분침을 밀어서 초가 분으로, 분이 시간으로, 시간이 날이 되어 최대한 빨리 흘러가게 하려고 끊임없이 몸부림을 쳐야만 했다. 그러면서 알렉시스는 할머니가 돌아오기를 간절하게 기다렸다.

엄마에게 전화한다고 해도 할머니와 할아버지를 어째서 바꿔드릴 수 없는지 의심을 받지 않으려면 하루에 몇 번 전화할지를 잘 조절해야 했다. 이제 알렉시스는 엄마에게 말할 핑계도 다 떨어졌다.

"아, 할아버지 방금 낮잠 자러 들어가셨어요! 아, 할머니 지금 샤워하세요! 어, 할머니 장 보러 가신 사이에 그냥 잠깐 전화한 거예요. 네, 네, 할아버지께 아빠한테 전화하시라고 말씀드릴게요. 또 잊어버리셨나 봐요."

부모님이 자신들의 일만 감당하기에도 너무 바빠서 안부 전화할 시간이 아주 가끔뿐이고 그저 딸 목소리라도 들을 수 있으면 만족한다는 게 그나마 다행이었다.

또한 두웬데 요정들의 목소리 흉내 내는 재주가 좋아서 가끔 부엌에서 "나 요리한다, 나중에 전화할게."라고 외쳐 주는 것도 도움이 되었다.

알렉시스는 부모님, 특히 엄마한테 사실대로 얘기하지 않는 것이 너무너무 죄송했다. 그러나 사실대로 말했다가 뒤에 따라올 수많은 질문에 대답할 준비가 되어 있지 않았다. 그리고 부모님에게 여러 가지를 설명할 일도 걱정이었다. 예를 들면 할아버지의 옛날이야기들이 사실 진짜였다는 것 말이다. 그리고 어째서 할머니가 알렉시스를 외국이 아니라 완전히 다른 세계로 데려가야만 했는지도.

그렇다, 알렉시스는 준비가 되어 있지 않았다. 최소한 지금은 아니었다. 할머니, 그리고 할아버지의 정신이 양쪽 모두 안전하게 돌아올 때까지는 안 된다. 지금 뭔가를 말했다가는 엄마가 당장 비행기를 타고 돌아와 할아버지를 돌보고 ―요양 병원? 그냥 병원?― 할머니의 행방을 물으며 ―경찰?― 일을 훨씬 더 복잡하게 만들 것이다.

그런데 지금 이 순간에도 할머니는 할아버지를 구하기 위해 최대한 시간을 아껴야 하고 여기에서 일어나는 다른 일로 신경 쓸 여력이 없단 말이다.

어찌 됐든 2주 뒤에 새 학기가 시작되니까 부모님은 곧 돌아와서 알렉시스를 캄보디아의 새집과 새 학교로 데려갈 것이다. 그러니까 어떻게 되든지 조만간 부모님은 이곳에 와서 무슨 일이 벌어졌는지 알게 될 것이다. 그리고 알렉시스는 그렇게 부모님이 알게 될 진실이라면 얼굴을 마주하고 직접 말하는 게 가장 좋겠다고 느꼈다.

하지만 지금 당장 알렉시스는 지-루-했-다. 겨울이 결단코 끝나지 않을 것만 같았다. 그러나 치료 약을 찾기 전까지 알렉시스는 봄이 빨리 오기를 소망할 수 없었다.

KC는 아직도 고치에 싸인 채라서 알렉시스와는 전혀 놀아 줄 수 없었다. 상냥한 두웬데 요정들은 ─복 받으시길─ 모든 가구 아래 모든 틈바구니 뒤의 모든 먼지를 마지막 한 톨까지 청소하는 데 끝없이 집착했고, 청소하는 사이사이 쉬는 시간에 알렉시스를 최대한 돌봐 주려 했으나 역부족이었다. 게다가 집에 있는 보드게임을 이미 다 가지고 놀아서 알렉시스는 이제는 전부 질려 버렸다.

그리고 또 할아버지가 있었다.

아, 할아버지.

몽롱한 상태인 할아버지는 꿈꾸는 듯 희미한 미소와 흐릿한 시선뿐, 제대로 된 대화를 할 수 없었다.

그나마 그런 날은 좋은 날이었다.

나쁜 날에 할아버지의 기분은 장마철 태풍 같았다. 몇 시간이나 화를 내는 이유는 주로 음식 때문으로, 멀쩡하게 맛있는데도 할아버지 마음에 들지 않으면 '쓰레기'나 '똥'이라 불평했다. 그나마도 이런 건 이 성난 노인이 실제로 뱉어 낸 단어들보다 조금 덜 원색적인 표현이었다.

가장 무서운 부분은 점잖고 차분한 평소의 할아버지가 건잡을 수 없이 성난 짐승으로 변신해서 화를 내고 음식이 담긴 쟁반이나 숟가락을 쳐서 상대방의 손에서 날려 버리는 모습, 혹은 음식을 먹여 주려는 상대방을 때리는 모습을 보는 것이었다.

한 번은 불운한 두웬데 요정을 방 반대편까지 날려 버리기도 했다. 이유는? 할아버지가 누군가에게 텔레비전을 꺼 달라고 소리치고 있었으며 이 불쌍한 요정은 텔레비전이 애초에 켜진 적이 없다고 설명하려 했기 때문이다.

천천히, 그러나 확실히 할아버지의 상태는 나빠지고 있었다. 성난 태풍이 점점 더 자주 닥치는 횟수로 그 사실을 알 수 있었다.

다행히도 오늘은 좋은 날이었다.

오늘 알렉시스는 할아버지의 점심을 숟가락으로 떠서 먹여 드리며 너무나 행복하게도 아무 일 없이 식사 시간을 넘겼다.

가장 좋았던 일은 할아버지가 알렉시스에게 웃음 지으며 "고맙다."고 말한 것이었다.

알렉시스의 가슴속에서 심장이 기쁨으로 들떠 재주를 넘었다.

"천만에요, 할아버지! 제가 누군지 아시겠어요?"

알렉시스는 희망에 차서 할아버지를 쳐다보았다. 할아버지도 알렉시스를 보았다. 그리고 알렉시스의 머리 너머를 응시

했다. 알렉시스는 한숨을 쉬고 할아버지의 얼굴을 계속 쳐다보았다. 할아버지의 눈에는 초점이 없었다. 저 안의 어딘가에 할아버지가 아직도 계시는 걸까?

'눈은 영혼을 보는 창'이라는 말을 들은 적이 있었다.

할아버지의 창에는 그냥 안개가 낀 걸까? 할아버지는 안에 갇혀서 안개로 흐려진 유리창 뒤에 선 채로 알렉시스를 부르고 있는 건 아닐까? 아니면 할아버지는 창문 뒤가 아니라 물속, 얼어붙은 호수 아래 갇혀서 몇 겹이나 되는 얼음을 깨려고 결사적으로 애쓰고 있는 건 아닐까? 할아버지는 알렉시스—얼음 바깥 표면 위의 멀고도 불분명한 그림자로만 보이는 손녀—를 향해 몸부림치고 있지는 않을까? 숨 쉬려고 애쓰면서? 도움을 청하려 소리치면서? 그 안개 낀 창문 뒤에서 긁고 할퀴고 두드리고…. 그래도 아무도 할아버지의 비명을 들을 수 없는 그곳에서?

'할아버지는 이미 망가진 걸까? 이미… 얼음 아래 물속에서 돌아가신 걸까?'

알렉시스는 몸을 떨었다.

'안 돼. 그런 건 절대로 믿을 수 없어. 할아버지는 저 안에 계시고 우리는 할아버지를 바깥으로 도로 끌어내고 말 거야.'

시간이 걸리겠지만 말이다. 알렉시스는 다시 한숨을 쉬고 접시를 치우고 두웬데 요정들과 함께 할아버지가 다시 잠들도록 곁에서 도왔다.

'그래, 책 읽을 시간이야.'

알렉시스는 책을 손에 들고 할아버지의 서재, 그러니까 온실로 곧장 달려갔다. 할아버지의 화분 속 풍성한 식물들에 둘러싸여 ―이제는 알렉시스가 물 주기 담당이 되었다― 정원 한가운데 있는, 할아버지가 ―그리고 이제는 알렉시스도― 가장 좋아하는 흔들의자에 앉았다.

알렉시스는 숨을 깊이 들이쉬었다.

'아….'

공기에서 달콤한 꿀 냄새, 약간의 생강…, 그리고 레몬그라스 냄새가 났다.

알렉시스의 눈이 커졌다.

'잠깐. 이 냄새, 전에 어디서 맡았더라?'

"아하!"

알렉시스는 손가락을 튕겼다.

"휘파람 수풀!"

'고대 중국 정원사들이 정원을 만든 이유는 천국을 지상에 재현하기 위해서라고 할아버지가 이야기해 준 적이 있지. 그러니까 이 온실 속의 숲은 할아버지가 할머니를 위해서 재현한 휘파람 수풀이었구나! 미스트의 한 부분을 지구에 만들어 놓은 거야. 할머니를 위해서!'

알렉시스는 자신의 깨달음에 만족하여 뒤로 기대앉았다.

흔들의자는 최면을 걸 듯 앞에서 뒤로, 뒤에서 앞으로 움직였고, 알렉시스는 긴장이 풀리며 이런저런 생각에 잠겼다.

'할머니가 미스트에서의 봄의 시작은 지구에서 크리스마스 무렵이라고 하셨으니까, 며칠 뒤겠지. 할머니와 리프는 벌써 우종섬에 가 있을 거야. 지금쯤 가려진 산에 벌써 올라가 있을까? 어떻게 산의 노인을 설득해서 지나가게 해 달라고 할지 궁금하네. 흠, 진짜 바쿠는 어떻게 생겼을까? 코끼리가 어떻게 뜀뛰기를 할 수 있는지 상상이 안 가는데 게다가 바쿠는 날아다닌다니!'

"저기요오오오?"

당황한 고함 소리가 알렉시스를 갑자기 백일몽에서 깨웠다. 알렉시스가 깜짝 놀라 벌떡 일어섰을 때 흔들의자는 뒤쪽으로 젖혀져 있었기 때문에, 의자가 요동치며 뒤로 재주넘기라도 할 듯 흔들려서 알렉시스는 다시 한번 겁에 질렸다.

"저기요오오오오! 집에 아무도 없어요? 야!"

부르는 목소리를 뒤따라 크고도 둔탁한 기침 소리가 났고 그 뒤에 목소리가 다시 고함쳤다.

"이봐! 알렉시스 너 어딨어?"

그것은 익숙한 목소리였고, 거실에서 들려오고 있었다.

"소란 그만 부려!"

다른 목소리가 야단쳤다. 두웬데 요정이었다.

"알렉시스 양은 온실에서 쉬고 있다. 방해하지 마. 그리고 제발 부탁인데 가서 목욕 좀 해!"

"리프? 너야?"

알렉시스가 소리쳤다.

"기다려, 갈게!"

기대감에 가득 차서 알렉시스는 복도로 달려 나갔다.

분명히 작은 케니트였지만 그의 모습은 알렉시스가 마지막으로 봤을 때보다 훨씬 더 불쌍하게 변해 있었다.

리프는 완전히 넋이 나가 있었고 마치 수만 리를 달려오기라도 한 듯 쉬지 않고 숨을 헐떡거렸다. 게다가 그 수만 리를 물웅덩이와 눈과 진흙탕 속에서 건너온 듯 절반쯤은 흠뻑 젖었고 완전히 지저분했다. 허리를 굽힌 채 양 무릎을 움켜쥐고 리프는 금붕어처럼 뻐끔거리며 숨을 가다듬고 정신을 차리려 애썼다. 등에는 막대기가 가득 든 배낭을 메고 있었다. 리프는 힘겹게 배낭끈에서 한 팔씩 빼내 배낭을 쿵 소리가 나도

록 바닥에 내려놓았다.

"리프, 돌아왔구나! 꽃이랑 바쿠 털은 얻었어?"

양손을 다시 무릎에 대고 리프는 몸을 숙여 쭈그리고 앉았다. 그리고 여전히 숨을 몰아쉬면서 알렉시스를 천천히 올려다보았다. 눈은 충혈되어 있었고 온몸을 심하게 떨고 있었다.

알렉시스가 처음에 느꼈던 날아오를 듯한 기대감은 이제 납덩이처럼 무거운 근심으로 바뀌었다.

"왜 그래? 너 괜찮아? 아니, 할머니는 어디 계셔?"

"그…그래서 내가… 온 거야…."

리프가 헐떡거렸다.

"일이… 콜록콜록, 잘못…됐어."

바다낭떠러지 아래 심연으로 떨어지는 불운한 배처럼 알렉시스의 심장이 쿵하고 떨어졌다.

"잘못되다니 무슨 말이야? 제대로 얘기해!"

"복병이야. 오니, 눈 괴물들이…."

리프는 힘겹게 숨을 가다듬었다.

"우리… 화톳불이… 죽어서… 공주님… 깨어나셨는데… 바깥에… 놈들이 너무 많이 모여서… 거의 포위당했어."

알렉시스는 심장이 얼어붙는 것을 느꼈다. 가장 걱정했던 일이 일어난 것이다.

"공…공주니임이… 나나나를… 구해 주셨어…. 소리쳐서, 날 깨우셨어… 도망치라고… 하셨어. 그랬는데 공주님…. 공주님…."

'안 돼, 안 돼! 말하지 마. 말하지 마….'

"공주님이 뭐? 빨리 말해! 할머니는 괜찮으셔?"

"공주님… 고고고함을 지르고… 오니들을 향해서… 달려 나가셨어."

'뭐라고? 안 돼! 어째서!'

"주의를 돌리려…."

"말해 봐. 할머니…. 할머니 혹시… 혹시…."

알렉시스는 목이 막혀서 말을 마치지 못했다.

'안 돼, 말하지 마.'

리프가 알렉시스를 쳐다보았다.

"죽었냐고?"

알렉시스의 머리에서 모든 핏기가 사라졌다.

"아니, 아냐… 공주님은 괜찮으셔."

"아아악! 너 진짜 목 졸라 죽여 버린다! 아뉘 세상에. 휴."

"고고공주님이… 거걱정… 말라고, 날 해치지는 못한다, 뇌뇌가 어어없는… 괴물이라도, 테테테멩… 으와왕의… 따따딸을… 가가감히 해해…치지는 모모못…한다…. 하…하지만 느너너… 리프, 너는 자자잡아먹힐 거니까… 도도도망치라고!"

알렉시스는 크게 안도의 한숨을 쉬었다.

"정말 다행이다."

알렉시스는 하늘을 향해 박수를 쳤다.

"자, 그럼 이젠 어떻게 해?"

리프는 잠시 자신을 가다듬었다. 최대한 깊이 숨을 들이쉬고 그대로 잠시 멈추었다.

"내가… 장작… 가방을 가져왔어."

리프는 옆의 바닥에 놓인 배낭을 가리켰다.

"옴바크족이 우리가 배에서 내리기 전에 줬어. 불을 켜고 빛을 내라고."

리프가 잠시 말을 멈추었다.

"난 할 수 있는 한 가장 빨리 달렸어. 도망쳐서 숨었다가 뒤에서 몰래 쫓아갔어. 놈들이 트리샤 공주님을 자기들 야영지로 데려갔어, 호수 옆으로."

"할머니한테 무슨 짓을 할까?"

"나도 몰라. 몸값을 달라고 하겠지, 아마? 모르겠어. 오니들은 별로 똑똑하지 않아. 아니, 사실은 그냥 멍청해. 아마 자기들도 어쩔 작정인지 생각 안 해 봤을 거야. 하지만 공주님은 괜찮으셔. 그냥 지쳤을 뿐이지. 놈들이 공주님한테 음식과 물을 드렸어."

리프는 숨을 가다듬기 위해 잠시 멈추었다가 이야기를 계속했다.

"어떻게 해야 할지 알 수 없었어. 옴바크족들은 쓸모가 없어. 섬에 발을 디딜 수가 없으니까. 너한테 와서 말해야겠다는 생각밖에 없었어."

"잘했어, 리프. 하지만… 옴바크들의 배로 돌아가지 않았으면 대체 어떻게 섬에서 여기까지 온 거야?"

"옴바크들의 노 젓는 배 있잖아. 트리샤 공주님하고 나는 처음에 그걸 타고 노를 저어서 섬으로 갔어. 그리고 해안에 숨겨 놨어. 오니 야영장에 갔다가 나는 다시 숨겨 둔 배로 갔어. 노를 저어서 마술을 막는 장막 바깥으로 멀리 나갔어. 장막에서 충분히 멀어진 다음에는 항상 하듯이 공간의 솔기를 열어서 내 스스로 이동해 올 수 있었어. 여기, 너희 집까지."

"와, 잘 생각했네! 이젠 내가 생각해 봐야겠다."

알렉시스는 허벅다리에 대고 손가락을 두드렸다.

"리프, 그 배. 돌아갈 때도 그걸 타고 섬에 갈 거야? 다시 배 위로 이동할 수 있어?"

"뭐? 어… 여기로 이동하기 전에 바다 위에 정박시키고 왔어. 살레가 나보고 배 잃어버리면 목을 꺾어 버리겠다고 했거든. 그러니까 이론적으로는 그래, 물론 돌아갈 수 있어. 내가 돌아가고 싶을 때 말이지만. 그렇지만 난 절대로 돌아가기 싫어. 왜 묻는데?"

알렉시스는 재빨리 결정을 내렸다.

"잘됐다. 날 거기 데려다줘."

"뭐? 싫어!"

알렉시스는 열이 치솟는 것을 느꼈다.

"왜 싫어?"

"나 잡아먹힐 뻔했다고 방금 말하지 않았어? 내가 왜 거기로 돌아가고 싶겠어?"

알렉시스의 목 핏줄이 튀어나오기 시작했다.

"왜라니, 이 지경이 된 게 네 잘못이기 때문이지. 그러니까 우린 가야 돼."

"안 돼! 난 못 가!"

리프가 더듬거렸다.

"트…트리샤 공주님. 고…공주님이 나한테 약속을, 아니 맹세를 시켰어. 난 절대로 널 미스트로 데려갈 수 없어."

알렉시스의 피가 끓어오르기 시작했다.

"하지만 우린 할머니를 꼭 구해야만 해!"

"우리가 뭘 할 수 있겠어? 놈들이 너무 많아. 케니트와 아이 한 명이 굶주린 괴물이 우글우글한 부대를 상대한다고? 난 절대로 그 오니 야영장에 내 발로 걸어 들어가지 않아. 무료 음식 배달 서비스나 똑같다고!"

알렉시스는 자기도 모르게 주먹을 꽉 쥐었고 당장이라도 리프를 때려눕혀 말을 듣게 만들고 싶었다.

"일단 시도는 해 봐야지! 살레가 말했듯이 낮에 다니고 장작을 많이 쓰면 돼. 할머니를 곧바로 구해 낼 수 없다고 해도 지금 같아서는 할아버지 치료 약에 들어갈 마지막 재료들을 구할 사람이 없단 말이야. 봄까지 시간이 얼마나 남았지?"

리프가 고개를 숙였다.

"거의 없어. 지금 당장 떠난다고 해도 겨울 마지막 날 당일이나 아니면 바로 직전에 도착할 거야."

다시 알렉시스의 머릿속에서 핏기가 전부 사라졌다. 기절할 것 같았다. 지금 알렉시스는 그냥 무너져서 포기하고 웅크려서 그저 울고만 싶었다.

갑자기 침실에서 할아버지가 깊고 거친 기침 소리와 커다란 한숨을 내뱉었다. 알렉시스는 이를 꽉 물었다.

'안 돼. 할아버지를 포기할 수는 없어.'

알렉시스는 분노에 차서 관절이 하얗게 되도록 주먹을 꽉 쥐고 리프를 정면으로 쳐다보았다.

"리프, 난 여기 가만히 앉아서 할아버지가 천천히 죽어 가는 모습을 멍하니 지켜보는 짓은 안 할 거야. 그리고 괴물의 무리 속에 우리 할머니를 혼자 내버려두는 짓도 안 해."

리프가 발을 굴렀다.

"미안하다. 그런데 네 할머니가 나한테 분명하게 명령했단 말이야. 난 널 거기 데려가선 안 돼. 정말로 안 돼. 할 수 있으면 하겠지만 못 하니까 안 돼."

알렉시스가 손을 뻗어 리프의 목을 조르려 했을 때 머릿속에 어떤 생각이 번개처럼 떠올랐다. 알렉시스는 팔을 반쯤 뻗은 채 굳었다.

"있잖아? 됐어. 날 안 데려가도 돼. 내가 직접 갈게."

리프는 당황했다.

"직접 간다니 무슨 소리야? 이봐, 넌 마법 못 쓰잖아!"

"두고 봐. 너하고 나하고, 우리 둘이서 할머니랑 할아버지를 다 구해 낼 거야. 그럼 넌 여기 있어. 아무 데도 가지 말고. 금방 올 테니까."

알렉시스는 달려 나갔다. 리프는 고개를 흔들었다.

"걱정 마라, 아무 데도 안 간다. 네가 뇌를 어디다 떨어뜨렸는지 여기 서서 봐야겠다. 분명히 정신이 나가 버렸어!"

그때쯤 알렉시스는 벌써 자기 방에 돌아가 있었다.

'좋아, 짐을 풀지 않아서 다행이야. 그냥 갖고 가면 돼! 갖고 가자!"

알렉시스는 책가방과 보라색 겨울 재킷을 꺼내더니 서둘러 재킷을 입고 가방을 멨다. 모두 옴바크 배에서 돌아온 이후 건드리지 않고 둔 것이었다. 방을 나갈 때 책상 위에 놓인 양철 담뱃갑 속 고치에서 잠든 반려 곤충이 눈에 띄었다. 알렉시스는 양철 담뱃갑도 집어 들었다.

'자아아, 너도 나랑 같이 가자, KC! 네가 나비가 되어 깨어나는 순간을 놓치고 싶진 않아!'

알렉시스는 아래층으로 달려 내려갔다.

"다 됐어. 가자!"

리프가 의심쩍은 눈으로 알렉시스를 쳐다보았다.

"그래. 그렇겠지. 너부터 가. 어떻게 가려는 건지는 모르겠지만!"

"아직도 날 안 믿는구나, 어?"

알렉시스는 재킷 주머니에 손을 넣어 반들반들하고 반짝이는 병을 꺼냈다. 할머니가 주신 마법의 수정병이다. 알렉시스는 병뚜껑을 열고 오른 손바닥에 병의 내용물을 쏟아 냈다.

"짜잔!"

리프의 눈이 휘둥그레졌다. 알렉시스의 손에 놓인 것은 노란색의 반투명한 가루 무더기였다.

패리 가루다!

"할머니가 주셨어. 응급 상황 때 쓰라고. 기억하지? 지금 상황은 응급 상황으로 분류할 수 있다고 나는 생각해."

"아뇨, 젠장."

리프가 짜낼 수 있는 말은 이것뿐이었다.

"난 트리사 공주님한테 죽었다."

"아닐걸."

알렉시스가 반박했다.

"할머니는 네가 날 데려오면 안 된다고 하셨어. 내가 직접 가면 안 된다는 말씀은 안 하셨다고."

리프는 대답할 말을 찾지 못했다. 알렉시스가 덧붙였다.

"할머니한테는 네가 나를 위험한 곳에 못 가게 하려고 용맹하게 쫓아다니면서 말렸다고 말씀드리면 돼."

리프는 턱을 긁적거렸다.

알렉시스는 손에 든, 이제는 비어 버린 마법의 병을 바라보았다. 옆에 있는 커피 탁자 위에 안전하게 놓아 두려다가 병의 재료가 무엇이었는지 떠올렸다.

'깨지지 않는 수정.'

고치가 얼마나 찢어지기 쉬운지 할머니가 주의를 주었던

것을 생각하고 알렉시스는 또 다른 멋진 발상을 떠올렸다. 알렉시스는 조심스럽게 KC를 병 안으로 미끄러뜨리듯 밀어 넣었다.

'됐다! 이러면 아무 탈 없이 안전하겠지!'

알렉시스는 종잇조각을 하나 찾아내서 그것으로 수정병의 입구를 막았다. 그리고 고무줄로 묶어서 종잇조각을 고정시킨 뒤 종이에 숨구멍을 몇 개 뚫었다.

"자, 리프, 다 됐어. 너부터 가. 내가 따라갈게."

"어…. 몇 번이나 똑똑히 말했을 텐데. 난 그 끔찍한 섬에 다시는 안 돌아가! 죽을 뻔했다가 간신히 도망쳤다고!"

알렉시스는 단호하게 고개를 저었다. 섬에 가기 위해서는 리프가 필요했다. 그리고 알렉시스는 절대로 포기할 생각이 없었다.

"미안하지만 너에겐 선택권이 없다는 걸 내가 똑똑히 말했잖아. 왜냐하면 네가 할아버지한테 저런 짓을 했으니까, 할아버지의 일상을 다시 돌려드릴 의무가 있어. 그리고 할머니가 네 목숨을 구해 주셨으니까 할머니를 위해서도 돌아가야만 해."

리프는 욕을 하고 번역 불가능한 악담을 혼잣말로 중얼거렸지만 어깨가 점점 처졌다.

"너 정말 못됐다. 고집 세고 못됐어."

리프는 손가락을 세웠다.

"할머니한테 네가 위험한 길에 빠지지 않고 집에 있게 하기 위해서 내가 널 용감하게 쫓아다니면서 말렸다고 진짜로 꼭 말씀드려야 돼."

"그렇지. 우리가 집으로 돌아오면 나한테 다시 얘기해 줘."

리프는 내키지 않는다는 듯 양손을 휘두르고 주문을 외워 공중에 포털을 열었다.

"잘했어. 이제 네 발로 들어가지 않으면 내가 던져 넣을 거야."

알렉시스는 반쯤은 진담으로 위협했다. 끊임없이 욕을 하며, 한 발만 반쯤 집어넣은 채로 리프는 알렉시스를 돌아보며 으르렁거렸다.

"너야말로 틀림없이 제대로 도착해야 돼. 난 절대로 그 저주받은 섬에 혼자 돌아가지 않을 거야. 네가 5분 내로 따라오지 않으면 난 여기로 돌아와서 절대로 안 떠나."

그리고 리프는 소용돌이치는 증기 속으로 사라져 버렸다.

리프가 사라지는 것을 보고 나서 알렉시스는 손바닥에 놓인 가루를 바라보았다.

'자 그럼, 어떻게 되든 간다.'

알렉시스는 남은 가루를 전부 자기 앞에 뿌렸다. 손가락을 아래쪽으로 내려 긋자 안개로 가득한 솔기가 눈앞의 허공에 생겨났다. 알렉시스는 눈을 감고 온 힘을 다해 기원했다.

'리프가 있는 노 젓는 배로 가고 싶어!'

그리고 알렉시스는 깊이 숨을 들이쉬고 안개 속으로 들어섰다.

19. 우종섬

"으아아아아악!"

알렉시스는 눈을 번쩍 떴다. 저도 모르는 사이에 등을 바닥에 대고 누워 양발은 공중에 뻗은 채 안개로 가득한 흐릿한 하늘을 올려다보고 있었다. 세상이 흔들렸다.

"저리 가, 이 뚱보 돼지야! 내가 밑에 깔렸잖아! 아아아악!"

알렉시스가 리프 위로 착륙한 것이다!

'바다에 떨어지는 것보단 리프 위가 낫지!'

"미안!"

알렉시스는 옆으로 굴러서 몸을 일으켜 앉았다. 흔들리는 와중 중심을 잡기 위해 알렉시스는 배의 양쪽 가장자리를 손으로 꽉 잡았다.

다행히도 배가 떠 있는 수면은 잔잔했다. 살레가 말한 대로 초승달 모양의 해안에 둘러싸여 감싸 안긴 모습이었다. 마침내 배가 요동치기를 멈추었고 흔들림이 가라앉았다. 리프가 바쁘게 자기 몸 전체를 탁탁 털고 뼈 부러진 곳이 없는지 확인하는 동안 알렉시스는 주위를 둘러보았다.

전에 미스트에 있을 때와는 달리 이제는 하늘에서 더 이상 눈송이가 떨어지지 않았다. 공기는 아직 쌀쌀했지만 얼어붙을 정도는 아니었다.

'겨울이 끝나 가는구나.'

알렉시스는 결론지었다. 저기 먼 곳에서 반쯤은 안개에 둘러싸인 거대한 선박의 거무스름한 윤곽을 볼 수 있었다. 옴바크족의 배가 여전히 할머니와 리프가 섬에서 돌아오기를 충실하게 기다리고 있는 것이다. 배 주변에는 섬을 둘러싼 해안 전체에서 여기저기 고개를 내민 위협적인 바위들이 노출되어 있어서 마치 거대한 송곳니로 아무렇게나 만든 경계선 울타리 같았다. 알렉시스는 고개를 돌렸다.

안개가 커튼처럼 풍광을 가리고 있는데도 눈앞에 펼쳐진 장엄한 광경에 숨이 턱 막혔다. 마치 접시에 담긴 바닐라아이스크림 한 숟가락이 있을 것이라고 생각하면서 냉장고 문을 여는 것 같았다. 그런데 안에서 고층건물 높이의 강력한 빙산이 인사를 하는 것이다.

이 시점에서 알렉시스의 마음속에는 딱 한 단어밖에 떠오르지 않았다.

'우아.'

우종섬은 마치 거대하고 하얀 빙산 같았다. 그리고 그 빙산은 초기대 폭포 가장자리에 아슬아슬하게 떠 있었더.

'저건 분명히 바다낭떠러지야. 우아. 나이아가라 폭포 같지만 훨씬, 대박, 엄청 더 커. 저기에 비하면 나이아가라 폭포는 강여울처럼 보이겠는데!'

섬 양쪽에서 광대한 물살이 포효하며 짧은 수평선으로 흘러넘쳐 돌연히 수직으로 아래쪽 심연을 향해 떨어졌다. 빙산 모양의 섬은 언제라도 그 물살에 쓰러져 아래로, 아래로, 아래로, 얼마나 멀리 아래쪽인지 아무도 모르는 곳으로 쓸려 내려갈 것 같았다.

섬을 바라보면 위로 솟아오른 무시무시한 산에도 눈길이 갈 수밖에 없었다. 눈과 얼음으로 지은 범접할 수 없는 요새처럼 산은 섬의 먼 반대편 끝에서부터 끝까지를 전부 내려다보고 있었다. 그렇게 산의 일부가 몸을 숙여 세상의 끝 너머를 엿보는 것이다.

이름에 걸맞게 안개가 산을 감싸는 것과 동시에 짙은 회색 천 조각처럼 섬의 땅 위로 드리워져 있었는데 그 모습은 찢어지고 닳고 빨지 않은 면 망토 같았다.

리프가 극적인 효과를 위해서인지 작은 소리로 속삭였다.

"그래. 가려진 산이야. 무섭지, 안 그래? 내가 포털 열 테니까 집에 돌아갈 준비됐어?"

알렉시스는 얼굴을 찌푸렸다.

"집에는 아무도 안 가고, 우린 저 산 위로 올라갈 거야. 시간이 얼마나 남았지, 리프?"

리프는 빠른 귀가의 꿈이 깨져 풀이 죽은 채 하늘을 올려다보고 허공을 향해 혀를 내밀었다.

"이 망할 연기 속에서 알아낼 수 있는 건 해가 거의 똑바로 머리 위에 있으니까 정오가 다 됐다는 거야. 벌써 바람에서 봄맛이 나. 내일이면 봄이 올 거야."

"봄의 첫날이 지나 버리지 않아서 정말 다행이다. 산꼭대기까지는 여기서 얼마나 걸리지?"

"한나절 정도 가면 쌍둥이폭포가 나와. 그 뒤에 동굴이 있다는 거기 말이야. 그리고 산꼭대기까지는 잘 모르겠지만, 살레가 말한 지름길로 가면 그보다 덜 걸리지 않을까? 하지만 산의 노인을 거쳐 가야 한다는 걸 잊지 마. 그게 또 얼마나 걸릴지는 모르지."

'그건 그때 가서 걱정하는 수밖에 없어. 할아버지 말씀대로 내가 할 수 있는 일을 해야지. 할 수 없는 일에 대해서는, 어, 기도하는 수밖에 없어.'

알렉시스는 마음속으로 계산했다.

"흠, 대략 내일 아침까지는 산꼭대기에 도착할 수 있을 것 같은데. 하지만 아슬이슬할 것 같아. 서두르면 맞출 수 있겠지. 그렇지?"

리프는 한심하다는 듯 하늘을 쳐다보았다.

"어, 그래, 그래. 맞아 당연하지. 그때까지 우리가 괴물들에게 먹혀 소화돼서 똥이 되어 나오지 않는다면 말이야."

알렉시스는 어깨를 으쓱했다.

"글쎄, 그럴 시간은 없으니까 누군가의 밥이 되는 건 최대한 피하기로 하자."

리프는 양손을 들어 박수를 쳤다.

"와, 내가 왜 그 생각을 못 했을까? 굉장한 계획이야!"

알렉시스는 하늘을 쳐다보았다.

"달리 방법이 없어. 오늘 밤, 우리가 가진 시간은 그게 다야. 지금이 아니면 없어. 해내든지 망하든지. 잠잘 시간도 없어."

'아, 이런! 괴물 밥이 되지 않는다니 말인데…'

알렉시스는 리프에게 시선을 돌렸다.

"리프, 우종섬 지도 아직도 가지고 있어? 살레가 지름길과 안전한 경로를 전부 표시해서 준 거 말이야."

리프는 고개를 저었다.

"아니! 지도는 너희 할머니가 가지고 계셨어."

알렉시스의 눈이 커졌다.

'겁에 질려야 하나?'

"하지만…."

리프는 알렉시스의 눈이 커진 것을 보고 말을 이었다.

"내가 엄청 멋지기 때문에 모든 것을 바아아아로 여기에 잘 저장해 두었지."

리프는 손가락으로 자기 이마를 가리켰다.

"난 실제로 너희 할머니하고 거기까지 갔다가 혼자서 돌아 왔잖아, 그렇지? 누워서 떡 먹기라고!"

알렉시스는 커다란 안도의 한숨을 내쉬었다.

"와! 너도 쓸모 있을 때가 가끔은 있구나!"

"항상 쓸모 있지. 내가 없었으면 어쩔 뻔했어?"

"아마 할머니 할아버지하고 집에서 체스나 하고 있겠지. 그리고 네가 없어서 너무 좋을 거고."

"얼마나 지루하고 교양 없는 생활이냐고! 괴물 똥이 되는 편이 낫지. 거름은 쓸모라도 있다고."

"알았으니까 그만 떠들고 서두르자. 네가 앞장서, 이 '응댕이에 다 가지고 있소이다' 선생!"

"지도는 내 머릿속에 들어 있지만 내 응댕이가 네 머리보다 똑똑하다! 하지만… 빨리 걸어야 한다면 난 그러기엔 너무 작아. 그러니까 받아!"

리프는 알렉시스에게 노 두 개를 다 던졌다.

"저어!"

***

'촤아!'

알렉시스가 노를 물속에 너무 깊이 넣는 바람에 노가 다시 물 밖으로 나오면서 바닷물도 함께 가득 튀어나왔다. 대부분은 리프에게 쏟아졌는데, 리프는 그 시점에 안락하게 잠들어 있었다.

"으악!"

리프는 펄쩍 뛰어 거의 배 밖으로 뛰쳐나갈 뻔했다.

"야! 조심해, 얼간이! 나 물에 빠져 죽을 뻔했잖아!"

"나한테 고마워해야지! 너 안 그래도 목욕 좀 해야 했다고!"

알렉시스가 놀렸다.

"너야말로 냄새나!"

리프는 한 손을 배 밖의 바다로 뻗었고, 그 바람에 알렉시스는 미처 피할 새도 없이 입안 가득 찝찔한 바닷물을 들이마시고 말았다.

"푸아!"

알렉시스는 얼굴을 문질러 닦고 소금물을 뱉어 냈다.

'으어, 엄청 짜!'

알렉시스는 리프에게 손짓했다.

"이봐 리프, 너 바닷물이 왜 짠지 알아?"

"물고기들이 오줌 눠서 그렇겠지."

"뭐? 우웩! 아냐!"

알렉시스는 계속 노를 저었다.

"있잖아, 옛날 옛적에, 그러니까 필리핀 전설에 따르면 바다는 전부 다 민물이었대."

"또 너네 할아버지가 해 준 얘기냐, 응? 그래, 계속해 봐. 나를 위해 노를 저으면서 재미있는 얘기도 해 보라고."

알렉시스는 말을 이었다.

"육지에서 좀 떨어진 어떤 섬에 산이 하나 있었대. 그 산은 소금으로 만들어져 있었어.

육지에 사는 사람들은 요리할 때 쓰는 소금을 그 산에서 얻었는데 어느 날 육지에 소금이 다 떨어졌어. 그런데 장마철이라 날씨가 나빠서 바다가 너무 거칠고 파도가 너무 높아서 안전하게 섬으로 항해할 수가 없었어.

육지 사람들이 아무 맛도 없는 싱거운 음식을 더 이상 참을 수가 없게 되자 지도자가 앙-응알로에게 도움을 청하러 갔어. 앙-응알로는 엄청난 거인인데 사람들과 함께 평화롭게 살고 있었어. 앙-응알로는 너무 커서 바닷속 가장 깊은 곳까지 걸어 들어가도 물이 허리까지밖에 올라오지 않았어. 게다가 앙-응알로는 아주 착한 거인이었기 때문에 인간을 도와주기로 했어.

앙-응알로는 해변에 앉아 왼쪽 다리를 뻗었어. 그러자 발이 소금 섬 해안에 닿았어! 그래서 앙-응알로는 발을 해안에 내려놓았어. 본토 사람들은 무척 기뻐하며 양동이와 가방을 가져와서 앙-응알로의 다리 위를 걸어 바다에 빠지지 않고 안전하게 소금 산에 도착했어.

하지만 불행히도 앙-응알로가 발을 놓은 곳에 개미집이 있었어. 게다가 거기 사는 건 보통 개미가 아니었어. 불개미였던 거야, 물리면 말벌에 쏘인 것처럼 아프다고! 사람들이 앙-웅알로의 다리 위에서 이리저리 오가는 사이에 불개미가 불쌍한 거인의 발가락을 물어뜯기 시작했어!

앙-웅알로는 간절히 부탁했어.

'제발, 여러분, 서둘러요, 본토로 돌아와요. 소금 모으는 건 이제 그만두고! 개미들이 너무 아프게 물어뜯어서 난 더 이상 참을 수 없어요!'

하지만 사람들은 그저 웃어넘기고 천천히 소금을 계속 모았어. 그러면서 서로 수군거리며 놀렸어.

'저 거인은 정말 어리광쟁이구나, 조그만 개미를 무서워하다니!'

사람들은 거인이 아파서 소리 지를수록 더 크게 웃었어. 그리고 양동이를 끝까지 가득 채웠어.

마침내 거인은 더 이상 참을 수 없게 되었어. 그래서 발을 들어 바다에 텀벙 담가 버렸지. 귀찮은 개미들은 그렇게 처치했지만 불행히도 거인의 다리 위에서 양동이와 가방 안에 소금을 가득 담아 들고 오가던 사람들도 모두 함께 파도 속에 휩쓸려 버렸어.

앙-웅알로는 물에 빠진 사람들을 전부 구해서 안전하게 해변으로 도로 데려올 수 있었어. 하지만 소금은 이미 전부

물에 녹아 버린 뒤였어."

알렉시스는 혀를 메롱 내밀었다.

"그래서 지금까지도 바닷물이 짠 거야!"

리프는 코웃음을 쳤다.

"나쁘지 않군, 하지만 난 내 이론이 더 마음에 들어."

배는 웃음소리를 가득 신고 해안으로 미끄러져 들어갔다.

20. 가려진 산

해변에 닿은 그들은 나뭇잎을 모아 배를 덮어 가려 두고 섬 안쪽으로 향했다. 리프 덕분에 둘은 짧은 시간에 훌륭하게 먼 거리를 이동할 수 있었다. 무척 다행스럽게도 둘은 진흙 인간들이 사는 끈적끈적한 늪지대를 피해서, 파이프 담배를 피우고 고기를 먹는다는 나무 요괴인 카프레스와 다른 전설 속의 고기 먹는 괴물들이 사는 지역 언저리를 돌아서 잘 피해갔다.

그렇다. 괴물들은 아직도 모두 겨울잠을 자고 있었고 괜히 그들을 깨우는 위험을 감수하는 건 현명하지 못하다. 특히 봄이 바로 문턱에 와 있으니 말이다. 괴물들은 언제라도 겨울

잠에서 깨어날 수 있는 것이다.

불쾌한 생각이 알렉시스의 머릿속을 스쳐 지나갔다.

'우리가 배로 돌아가는 길에 이 괴물들이 깨어나면 어떡하지? 굉장히 배가 고플 거고 또 굉장히 심술이 나 있을 거야. 그리고 몇 달 만에 처음으로 먹을 걸 사냥하려 들 텐데!'

하지만 걱정은 나중에 하기로 했다.

'지금은 괜찮아. 그건 그때 가서 걱정하자.'

섬 전체에서 눈이 녹기 시작해서 깃털처럼 하얀 눈의 담요 아래 감추어져 있던 땅이 조금씩 드러나고 있었다.

둘은 눈 녹은 진창과 진흙탕을 헤치며, 꼭대기에서 불어 내려오는 차가운 바람을 맞으며 꾸준히 산을 올라갔다. 바람은 마치 둘을 쫓아내기라도 하려는 듯 불길하게 '휘이이이이이! 휘이이이이이!' 하고 짖어 댔다.

그때쯤 저녁 해가 둘의 등 뒤에서 바닷속으로 천천히 가라앉기 시작했고 꺼져 가는 금빛 햇살이 세상을 가득 적셨다. 겨울의 마지막 밤이 곧 다가올 것이었다.

"어, 어두워진다. 횃불을 켜야겠어."

리프가 불안하게 독촉했다.

"좋은 생각이야. 우리 장작 얼마나 남아 있지?"

리프는 등에 멘 배낭을 툭 쳤다.

"두 밤이나 세 밤은 지낼 수 있을 거야, 아마."

"훌륭해. 여기선 밝을수록 좋으니까. 아 맞다! 나도 혹시 몰라서 손전등 가지고 왔어!"

갑자기 알렉시스는 걸음을 옮기다 말고 멈추어 자기 이마를 세게 때렸다.

"아냐아아, 안 돼! 방금 생각났어! 내 손전등 건전지가 다 떨어졌는데 난 지난번에 미스트를 떠나기 전에 남은 건전지를 전부 할머니한테 드렸단 말이야! 여기 돌아올 때 서두르느라 집에서 새 건전지를 가져오는 걸 완전히 잊어버렸어! 아아아아아!"

리프는 횃불을 켜면서 킬킬 웃었다.

"결국 너야말로 별로 쓸모가 없구나!"

리프는 횃불을 알렉시스에게 건네주었다.

"옴바크족들이 나한테 장작을 엄청 많이 줘서 다행이야!"

리프가 자기 몫으로 횃불을 하나 더 켜려고 했을 때 알렉시스가 말렸다.

"장작이 많아도 아껴 쓰는 게 좋아. 혹시 모르니까. 예상했던 것보다 더 오래 여기서 머물러야 하면 어떡해? 우리 둘이 이 횃불 하나로 버티고 서로 가까이 붙어 있기로 해."

"흠. 그러시다면…"

리프는 알렉시스의 손에서 횃불을 도로 낚아챘다.

"이건 도로 가져가야겠어. 내가 횃불을 가지고 있는 쪽이 훨씬 안전하니까. 산 채로 잡아먹히고 싶으면 네가 알아서 하든가!"

알렉시스는 짜증 나는 리프의 등을 한 번 세게 밀어 주려다가 갑자기 얼어붙은 듯 멈추었다.

앞쪽에 윤곽만 간신히 보이는 두 개의 기대한 형체가 그들을 향해 슬금슬금 다가오고 있었다.

"쉬이잇! 리프, 저기 봐!"

알렉시스가 가리켰다. 그 두 개의 윤곽은 가까이 오면서 더 짙어졌다.

머리에 뾰족한 것이 솟아나 있었다.

'뿔이다!'

리프의 눈이 알렉시스의 손가락이 가리키는 곳으로 향했다. 그리고 겁에 질려 휘둥그렇게 커졌다.

"오니다! 하지만… 하지만… 하지만… 아직 밤이 되지 않았는데! 아… 아… 아직 해가 떠 있는데! 저놈들 어떻게 햇빛 속을 돌아다니지?"

"내가 어떻게 알아? 네가 가서 물어봐! 저 둘은 분명히 빛을 무서워하지 않으니까 우리 횃불로도 쫓아 버릴 수 없을 거야! 숨어야 돼, 당장!"

리프는 미친 듯이 주위를 둘러보았다.

"빨리, 저 얼어붙은 덤불 뒤로!"

둘은 덤불 뒤로 뛰어들었다. 알렉시스는 리프의 횃불에 눈썹을 태울 뻔했다.

"으아익! 우리가 덤불이랑 한꺼번에 다 타기 전에 그 횃불 꺼!"

리프는 횃불을 눈 위에 지졌고 불은 즉각 꺼졌다. 둘은 눈으로 최대한 몸을 덮어 보이지 않게 가리기 시작했다.

두 형체가 가까워졌다. 이제 알렉시스는 둘의 모습을 똑똑히 볼 수 있었다. 너무 무서워서 숨도 쉴 수 없었다.

오니들은 두 다리로 걷고 대체로 인간과 몸체가 비슷했지만 절대로 인간이 아니었다. 털북숭이인 커다란 손의 손가락에는 면도날처럼 날카로운 손톱이 솟아나 있었고, 턱에는 멧돼지 같은 긴 송곳니가 튀어 나와 있었다. 이마에는 때투성이 뿔이 두 개 솟아 있었다. 허리만 가린 옷을 입은 오니들은 보통 사람보다 훨씬 컸고 거칠게 뒤엉킨 푸르스름한 털이 온몸을 덮고 있었다.

알렉시스는 입을 틀어막았다.

오른쪽 오니가 뭔가 기분 나쁘게 익숙한 것을 얼굴에 쓰고 있었다.

'할머니 선글라스야!'

알렉시스의 몸속에서 피가 끓기 시작했다.

'저놈들이 우리 할머니 배낭을 뒤진 게 분명해!'

알렉시스는 뛰쳐나가서 괴물의 코에 한 방 먹이고 할머니의 선글라스를 되찾아 오고 싶어서 몸이 근질근질했다.

'저놈들이 저렇게 크고 무섭지만 않았어도…'

다른 괴물은 조금 뒤에서 눈을 꼭 감고 선글라스를 낀 동료의 어깨에 손을 얹은 채 따라오고 있었다. 이 기묘한 한 쌍은 점점 더 가까이 걸어왔다.

다음 순간 알렉시스는 온몸에 소름이 끼쳤다.

두 괴물이 덤불 바로 앞에서 멈춘 것이다!

가슴속에서 심장이 덜컹거리며 쇠 구두를 신고 탭 댄스를 추는 것만 같았다.

'아뇨, 덤불에 잎사귀라도 좀 달려 있으면 좋았을 텐데!'

눈으로 몸을 덮었으니 괴물들의 시야에서 충분히 가려지길 바랄 뿐이었다. 앞에 서 있던 오니가 할머니의 선글라스를 벗었다.

"썬글라쓰스스, 좋아! 좋아, 썬글라쓰스!"

앞에 있던 오니는 으르렁거리며 이렇게 말하고는 햇빛으로

부터 보호하려는 듯 눈을 손으로 가린 채 선글라스를 다른 오니에게 넘겨주었고, 뒤에 오던 오니는 기쁜 듯이 선글라스를 끼고 즐거워하며 대답했다.

"그래애애 좋아! 이거 좋아! 보인다 좋아!"

'선글라스가 저놈들의 눈을 햇빛에서 보호해 주는구나!'

오니들은 낮에도 돌아다닐 수 있게 해 주는 이 기적의 안경을 얻어서 무척 좋아하는 듯 보였다.

'으아아 저놈들, 할머니가 가지고 계시던 재료를 하나라도 망가뜨렸으면 안 되는데! 가만 보자, 할머니가 뭘 가지고 계셨더라?'

알렉시스는 열심히 기억을 더듬었다.

'아 맞다, 고추와 향수, 그건 집에서도 쉽게 다시 구할 수 있고. 두융의 땀, 그건 못 구하는데.'

다행히도 알렉시스는 타사니가 준 재료를 잘 간직해 두어서, 벌젖과 가루다 둥지는 여전히 알렉시스의 배낭 속에 들어 있었다.

그 순간 알렉시스는 할아버지의 집에 돌아갔을 때 배낭을 풀고 재료들을 꺼내 둘 걸 그랬다고 생각했다. 그랬으면 재료들이 상하지 않게 안전하게 보관해 둘 수 있었는데, 이제는 배낭에 넣은 채로 여기까지 가져오는 바람에 할머니 가방에 들어 있던 재료들처럼 망가지거나 도둑맞을 위험에 처하게 된 것이다! 짜증이 나서 알렉시스는 자기 몸을 꼬집었다.

오니들이 다시 걷기 시작했다. 이번에는 방금 선글라스를 쓴 쪽이 앞장서서 이끌었다.

두 오니가 알렉시스와 리프가 숨어 있는 덤불을 막 지나갔을 때 리프가 겁에 질려 속삭였다.

"쟤들 이젠 햇빛 속에서도 볼 수 있어! 우린 죽었다, 우린 죽었다, 우린 죽었어어어어!"

알렉시스는 재빨리 손바닥으로 리프의 입을 덮어 꽉 막았다. 콘크리트 바닥에 떨어지는 구슬 자루처럼 심장이 걷잡을 수 없이 뛰었다. 리프의 목소리는 별로 크지 않았지만 위험을 감수할 수는 없었다. 오니가 개들만큼 귀가 좋을지 누가 알겠는가?

갑자기 오니들이 걸음을 멈추었다. 알렉시스의 두려움이 현실이 된 것 같았다. 뒤쪽에 있던 오니가 눈을 감은 채 허공을 향해 주둥이를 쳐들고 열심히 냄새를 맡기 시작했다.

"고기 냄새! 고기 냄새가 난다! 케니트! 케니트 고기다."

오니가 소리쳤다. 리프는 손가락으로 알렉시스의 팔을 뚫고 들어갈 듯이 꽉 붙잡았다.

"냠냠, 케니트 도깨비 고기! 냠냠냠!"

다른 오니가 신이 나서 맞장구쳤다. 오니는 짖기 시작했고 다른 오니도 곧 거들었다.

"아쿠우 아쿠우 아쿠우우우우우우!"

'제발, 제발 우리를 못 찾기를.'

알렉시스는 눈을 감고 온 힘을 다해 기도했다. 이제 끝장이라고 알렉시스가 생각하는 순간 두 오니는 마지막으로 함께 합창하듯 짖은 뒤에⋯ 달려서⋯ 산 아래로 내려가 버렸다.

알렉시스는 이 행운을 믿을 수가 없었다. 아래쪽으로 불어 내리는 바람이 오니들을 쫓아 준 것이다!

'바람 덕분에 우리 냄새가 아래쪽으로 쓸려 내려간 게 틀림없어. 그래서 괴물들이 우리가 여기가 아니라 산기슭에 있다고 생각한 거야!'

리프는 눈에 보이게 떨고 있었다.

"그그그⋯ 노노놈들⋯ 가가가갔⋯어어?"

"그래, 당장은. 우리 절대로 여기 있으면 안 돼. 놈들이 돌아올 거야."

리프는 이를 달달 떨었다.

"우우우⋯우리⋯우리들⋯ 가가가⋯갇혔어! 어두워지고 있어⋯. 오⋯오니 야영지가 위쪽인데, 사사사산⋯ 아아아아래로는⋯ 도로 내려갈 수 없어⋯. 저저저⋯ 두두두 노노놈들이⋯

아래에 있으니까!"

"괜찮아."

알렉시스는 최선을 다해 리프를 달랬지만 사실은 자신의 불안한 마음을 가라앉히려 애쓰고 있었다.

'지름길 동굴로 가야 돼, 지금 당장.'

"믿음을 가져, 리프. 쌍둥이폭포까지 얼마나 더 가야 하지?"

"어… 아아아아주… 아아주… 가까워. 십 분 정도일 거야, 아마."

"잘됐네. 거봐, 거의 다 왔잖아. 십 분 동안은 해가 떠 있을 거야. 그리고 있잖아, 할머니는 선글라스를 딱 한 개 가지고 계셨어. 그러니까 저 두 오니들이 번갈아 가면서 쓰는 거잖아, 안 그래? 그러니까 야영지에 있는 나머지 오니들은 아직 밖에 나올 수 없는 거야. 우린 할 수 있어. 꼭 해낼 수 있어."

리프는 그다지 자신 있어 보이지 않았다. 터덜터덜 걸어가면서 리프의 고개가 점점 더 어깨 아래로 축 처졌다. 그러나 계속 가는 수밖에 달리 방법이 없었다.

이후 몇 분 동안 둘은 한마디도 하지 않고 계속 걸었다. 이 모험을 하면서 처음으로 알렉시스는 진짜 두려움을 느꼈다. 자신이 이 섬에 오는 것을 할머니가 왜 그렇게 반대하셨는지 이해했다.

그리고 이제 알렉시스는 이 섬에 있었다. 지켜 줄 할머니도 없고, 리프가 보이지 않는 마법을 걸어 줄 수도 없다. 한 걸음 걸을 때마다 알렉시스는 기도했다.

'우리 무사하게 해 주세요. 우리 무사하게 해 주세요.'

지금까지 알렉시스는 오니들이 할머니를 함부로 해치지 못하듯이 테멩 왕의 증손녀인 자신도 감히 해치지 못할 것이라고 확신했다. 그러나 오니가 실제로 얼마나 사납고 야만적인지 가까이서 보고 나니 더 이상은 확신을 가질 수 없었다. 그리고 실제로 어떨지 시험해 볼 생각도 전혀 없었다. 오니들이 자신을 먹지 않는다고 해도 리프를 저녁밥으로 삼지 않는 데에 과연 동의할까?

몇 분 동안 무거운 침묵이 지나간 뒤에 알렉시스의 귀가 쫑긋해졌다. 떨어지는 폭포수가 내는 희미하지만 끊임없는 물소리가 들려왔다.

'쌍둥이폭포다!'

알렉시스의 기분이 밝아졌다.

'거의 다 왔어!'

알렉시스는 리프를 향해 몸을 돌렸다.

"저거 들려? 기운 내! 조금만 가면 금방…."

조금 전에도 들었던 피가 얼어붙을 듯한 짖는 소리가 합창하듯 아래쪽에서 울려 퍼져 차가운 공기를 채우고 알렉시스가 하려던 말을 뒤덮어 버렸다. 리프는 땅에 엎드려 겁에 질린 채 양손으로 귀를 덮었다. 그리고 울기 시작했다.

있는 힘껏 용기를 끌어모아 알렉시스는 산등성이 가장자리로 살금살금 걸어가서 아래를 내려다보았다.

그리고 산의 한참 아래쪽에 두 오니가 —한쪽은 여전히 다른 쪽의 어깨에 손을 얹은 채— 두 다리로, 두 다리와 한 팔로, 가끔은 네 발로, 전속력으로 달리면서 늑대처럼 울부짖으며 달려 올라오는 모습을 보았다.

'우리 냄새가 어디서 오는지 알아낸 거야!'

알렉시스의 심장이 얼어붙고 피부에 소름이 돋았다. 오니들은 먼 거리에서 달려오고 있었지만 뛰어오는 속도로 봐서 금방 붙잡힐 것 같았다!

"도망쳐, 리프, 도망쳐! 놈들이 돌아와!"

리프를 재촉할 필요는 없었다. 겁에 질려 넋이 나간 채로 리프는 벌떡 뛰어 일어나서 전속력으로 달려 나갔다.

"아아아아아아아!"

리프는 비명을 지르며 마치 꼬리에 불이 붙은 미친 토끼처럼 산 위로 질주하기 시작했다.

"야, 기다려!"

알렉시스가 불렀다. 따라잡기 위해 최선을 다했지만 리프가 너무 빨리 달려갔기 때문에 둘 사이의 거리는 점점 더 넓게 벌어졌다.

길이 굽어지는 곳을 돌아가면 산 가장자리가 세상의 가장자리이기도 한 가려진 산의 옆 부분이 나왔다. 이 부분이 바로 바다낭떠러지 아래 끝없는 안개와 그림자로 덮인 세상의 끝을 내려다보는 곳이다.

녹은 눈과 진창 속에서 뛰기가 너무 힘들었다. 알렉시스는 열 번이 넘게 미끄러질 뻔한 뒤에 균형을 잡기 위해 양팔을 펼치고 다리를 구부리고 뒤뚱거리는 펭귄처럼 달려야 했다.

"리프! 얼음 때문에 미끄러워! 천천히 가."

리프는 듣지 않았다. 리프가 앞에서 굽이굽이 꺾어진 길에 다가가는 모습을 알렉시스는 숨을 몰아쉬면서 무기력하게 그저 보고 있을 수밖에 없었다.

곧 리프의 모습이 시야에서 사라졌다. 겁에 질리지 않기 위해서 알렉시스는 혼잣말을 했다.

'쌍둥이폭포에서 다시 만나겠네.'

불행히도 알렉시스의 예상은 완전히 빗나갔다.

이어서 일어난 사건들은 무시무시하게 툭툭 끊어지는 스톱

모션 같은 상태로 펼쳐졌다.

우선 알렉시스는 리프가 갑자기 균형을 잃고 넘어지는 것을 보았다. 그리고 리프는 마치 스케이트를 타는 것처럼 앞으로 쭉 미끄러졌다. 다음으로 리프는 균형을 찾으려고 애쓰다가 등을 땅에 대고 쓰러진 뒤에 굴러가기 시작했다.

그리고 마지막으로⋯ 리프가 가장자리 너머로 사라졌다.

21. 저녁 식사

"안돼애애애애! 리이이이이프!"

알렉시스는 달리다 말고 우뚝 멈추었다. 리프와 함께 알렉시스의 정신도 벼랑 너머로 굴러떨어진 것 같았다.

'나 때문에 죽었어. 내가 죽였어. 리프는 돌아오지 않으려고 했는데 내가 억지로 데려왔어. 리프가 죽었어. 나 때문에 죽은 거야.'

알렉시스는 가장자리로 달려갔다. 그리고 아래를 내려다보기 전에 열띠게 기도했다.

'제발, 제발, 제발 리프가 죽지 않게…'

이 간절한 호소는 익숙한 목소리 때문에 중간에 잘렸다.

"살려줘어어어!"

리프였다!

'살아 있어! 안 죽었어! 아아, 감사합니다. 하늘이시여, 제 기도를 들어주셔서 감사합니다.'

알렉시스는 고개를 내밀고 아래를 내려다보았다. 리프는 떨어진 곳 바로 아래에 튀어나온 오래된 나무뿌리에 젖은 빨래처럼 무기력하게 대롱대롱 매달려 있었다. 확실한 죽음의 심연으로 떨어질 때 배낭끈이 나무뿌리에 걸린 것이다. 그리고 리프의 왼팔이 그 유일한 생명 줄인 배낭끈에 휘감겨 있었다.

리프의 얼굴은 완전한 공포로 뒤덮여 있었다. 매달린 리프의 발 아래에는 아무것도 없었고, 그저 길고 긴 허공을 지나 사납게 포효하며 떨어지는 바다가 또다시 길고 긴 허공을 지나 어둠 속으로 쏟아져 내려갈 뿐이었다.

'아이구, 저 뿌리 좋아 보이지 않는데.'

콰지지직! 오래된 나무뿌리가 부러지기 시작했다!

"살려줘어! 살려줘어어어! 죽기 싫어어!"

리프의 손가락이 하얗게 변하더니 미끄러지기 시작했다. 생각할 시간도 없고, 달려오는 두 오니를 걱정할 시간도 없었다. 알렉시스는 당장 땅바닥에 배를 깔고 엎드려 할 수 있는 한 멀리 팔을 뻗었다.

"서둘러 리프, 몸을 흔들어서 반동으로 내 손을 잡아!"

"나… 나… 모모모못 해! 나나나…나무가 부러질 거야!"

"네가 가만히 있어도 나무는 부러져! 올라와야 해! 내가 잡아 줄게, 약속해!"

선택의 여지가 없다는 것을 깨닫고 리프는 다리를 흔들어 반동을 주기 시작했다. 몸이 위쪽으로 흔들려 올라갔을 때 리프는 오른팔을 있는 힘껏 멀리 뻗었다.

"지금!"

알렉시스가 소리쳤다.

'콰직!' 하고 뿌리가 부러졌다.

나무뿌리는 슬로 모션으로 심연을 향해 떨어졌다.

"아아아아아아아아아아아!"

리프가 소리쳤다.

"잡았다!"

리프는 이제 한 손으로 알렉시스의 손을 꽉 잡고 목숨을 간신히 부지하고 있었다.

바로 그 순간 리프의 다른 손에서 배낭이 미끄러져 벗겨져서 나무뿌리와 함께 아래쪽의 검은 허공으로 사라져 버렸다.

장작이 전부 들어 있는 배낭이다.

"안돼애애애애!"

리프가 소리치며 손을 뻗어 배낭끈을 잡으려 했다. 손에 잡힌 것은 공기뿐이었다.

"가방은 잊어버려, 네가 올라와야지!"

알렉시스는 온 힘을 다해 리프를 잡아당겼다. 다행히 리프는 무겁지 않았다. 곧 둘은 모두 등을 대고 땅에 누워 숨을 헐떡였다.

"괜찮아? 너 죽은 줄 알았어!"

"나도 내가 죽은 줄 알았어!"

리프가 씩씩거렸다.

─ 아아아아우… 아아아아아우우우… 아아아아우우우우우우!

두 오니가 무시무시하게 짖는 소리가 다시 들려왔는데, 이번에는 이전보다 더 가깝고 더 컸다.

알렉시스는 벌떡 일어나서 축 늘어진 리프를 끌어당겨 일으켜 세웠다. 리프의 오른손은 여전히 알렉시스의 손을 있는 힘껏 꽉 붙잡고 있었다.

"계속 도망쳐야 돼! 오니들이 거의 여기까지 왔어!"

알렉시스는 리프를 반쯤 끌다시피 하면서 계속 달려갔다.

이때쯤 해는 파도 아래로 완전히 가라앉았고 이제 세상은 완전히 어두워져서….

밤이다. 밤이 되었다.

장작도 없이. 빛도 없이.

'동굴로 가야 돼, 그러지 않으면….'

알렉시스는 숨을 헐떡이며 다급하게 생각했다.

'그냥 당장 동굴로 가야 돼.'

앞에서 들려오던 폭포수의 흥얼거림이 이제는 끊임없는 포효가 되었다. 정말로 거의 다 온 것이다! 알렉시스는 주변 공기가 점점 더 습해지는 것을 느낄 수 있었다.

'조금만 더 가면 돼.'

둘은 고양이에게서 도망치는 두 마리 쥐처럼 계속, 계속 쉬지 않고 그림자와 안개를 뚫고 달렸다. 안내판 역할을 하는 것은 오로지 폭포 소리뿐이었다.

이쯤에서 알렉시스의 허파는 공기를 넣어 달라고 헐떡거리고 있었고 다리는 후들거리기 시작했다. 그러나 알렉시스는 계속 앞으로 나아갔다.

'거의… 다… 왔어… 멈출… 수는… 없어어….'

갑자기 오니가 짖어 대는 합창 소리가 주변의 공기를 가득 채웠다.

– 아아아아우우우… 아우우우… 아우우우… 아우우우우 우우우우우! 아아아아우우우… 아아아아우우우우우우….

아우우우우우우우우우우! 아우우우우! 아우우! 아우우우우우!

그러나 이번에는 짖는 소리가 뒤쪽에서 들려오지 않았다. 바로 앞에서 들려오고 있었다.

알렉시스와 리프는 우뚝 멈추어 섰다. 그들의 눈앞에 마침내 호수가 보였다. 그리고 그 호수 안으로 거대한 수도꼭지처럼 두 개의 은빛 폭포가 쏟아져 내리고 있었다.

'쌍둥이폭포다.'

그러나 그들과 목표물 사이에는 오니 군단이 버티고 있었다. 사냥개처럼 다 함께 짖어 대며 말이다.

그들 바로 앞에는 거대한 오니들이 대략 스무 마리 정도 있었다. 오니들이 웃는 것인지 송곳니를 드러내고 있는 것인지 아니면 양쪽 다인지 구분하기 힘들었다. 헝클어진 털과 명백하게 닦지 않은 이빨에서 썩는 냄새가 고약하게 풍겨 왔다.

이제 그들은 폭포에 갈 수가 없게 되었다.

"주주…주주주죽어… 난 주주주…주주주죽었어."

리프는 알렉시스 뒤에 몸을 숨기려고 애쓰면서 덜덜 떨리는 이 사이로 훌쩍거렸다.

그때쯤 할머니의 선글라스를 번갈아 쓰던 두 오니도 산 위에 도착했다. 이미 밤이 되었으므로 더 이상 필요 없게 된 선글라스는 한 오니의 목에 매달려 있었다. 두 오니는 리프와 알렉시스 뒤에 위협적으로 서 있었다. 턱에서 침이 물 흐르듯 떨어졌다.

이제는 산 아래로 도망쳐 내려갈 길도 없어졌다. 알렉시스의 심장이 새로운 절망의 구덩이로 떨어졌다.

오니 하나가 입술을 핥았다.

"냠냠. 저녁이 왔다! 저녁 시간이 왔다!"

"누우우가 먼저 먹을래?"

다른 오니가 입맛을 다셨다.

"잠깐!"

알렉시스가 소리쳤다. 오니들은 깜짝 놀라서 망설였다. 심장이 새장 속의 새처럼 미친 듯이 퍼덕거리는 가운데 알렉시스는 재빨리 주위를 훑어 보았다.

앞에 모여 선 오니들의 군단 뒤로 호수가 펼쳐져 있었다. 호숫가를 지나면 물속에서 바위가 줄줄이 튀어나와 있었다. 호수 한가운데에서 바위들은 두 줄로 갈라져서 쌍둥이폭포로 각각 이어졌다.

'아놔아아아아! 호수가 바로 몇 걸음 앞이잖아! 저렇게 가까운데!'

너무나 애달프게 가깝지만 너무 고통스럽게 멀었다.

'좋아. 긍정적으로 생각하자. 고작 몇 걸음이야. 이 괴물들

을 지나가기만 하면 돼. 어떻게? 생각해… 생각해라!'

알렉시스는 눈을 감았다.

'정말로 두려워해야 하는 건 두려움 그 자체다.'

할아버지는 고장 난 레코드처럼 이 말을 되풀이하곤 했다.

'용기는 두려움이 없는 상태가 아니라 두려움에도 불구하고 계속 나아가는 거야. 계속, 계속 나아가야 해.'

알렉시스는 할 수 있는 한 모든 힘을 끌어모았다. 그리고 낼 수 있는 한 가장 오만한 목소리로 쩝쩝 입맛을 다시는 오니들에게 소리쳤다.

"그래 맞아! 우리 정말 배고파. 저녁 식사라니 반가운 말씀이네! 우리한테 뭘 대접할 건데?"

웃음소리, 그르렁거리는 소리, 깩깩 소리와 짖는 소리가 허공을 채웠다.

"웃기다! 이 음식 웃겨! 웃긴 음식이다! 맛도 웃길 거다! 하하하!"

한 오니가 외쳤다.

"난 농담 안 해."

알렉시스가 꾸짖었다.

"나는 패리의 지배자인 테멩 왕의 증손녀다. 그리고 나는 저녁 식사를 하고 싶다."

말하면서 알렉시스는 몰래 주머니 속에 손을 넣었다. 오니들이 수군거리기 시작했다. 알렉시스는 좀 더 대담해져서 말을 이었다.

"우리 할머니가 너희 손님이시다, 그렇지? 테멩 왕이 나를 보내 할머니가 잘 계신지 확인하고 몸값을 논의하라고 하셨다. 보석을 원하는가? 금인가? 고기? 아주, 아주 많은 고기?"

이제 수군거리는 소리는 흥분해서 떠드는 말소리로 변해 파도처럼 퍼져 나갔다.

알렉시스의 손가락이 찾고 있던 도구를 발견해서 감싸 쥐었다.

'제발. 제발 작동해라. 몇 분만이라도 좋아.'

목에 선글라스를 건 오니가 사자처럼 으르렁거려서 나머지 오니들을 조용히 시켰다. 이 오니가 대장인 것이 분명했다.

"너!"

대장 오니가 손톱이 길게 튀어나온 손가락으로 알렉시스를 가리켰다.

"너, 공주님 보러 간다. 하지만 **저거!**"

대장 오니는 그러면서 욕심 사나운 눈으로 리프를 쳐다보았고, 리프는 이제 겁에 질려 덜덜 떠는 공처럼 움츠러들어 있었다.

"저거 우리 먹는다."

그의 동료 오니들이 깩깩거리며 하늘을 향해 흉한 소리로 환호했다. 다들 이 제안이 마음이 든 것 같았다.

"안 돼!"

알렉시스가 소리쳤다.

"저자는 나의 왕실 경호원이다! 너희들이 먹어선 안 돼! 테멩 왕이 기뻐하지 않으실 것이다!"

오니 무리가 또다시 웃음을 터뜨렸다. 오니 대장은 너무 웃어서 눈물을 흘리며 눈가를 닦았다.

"하! 하! 하! 경호원? 이게? 하하하! 나 보고 싶다! 어떻게 경호하는지 보고 싶다!"

알렉시스는 주머니에서 손을 확 꺼냈다. 손에는 손전등을 쥐고 있었다. 하늘을 향해 간절하게 기도하면서 알렉시스는 손전등의 전원 스위치를 켰다.

그러나 불은 켜지지 않았다.

아무 일도 일어나지 않았다.

겁에 질린 알렉시스는 손전등 머리 부분을 손바닥에 빠르게 대고 두드렸다.

'제발. 제발.'

희미한 불빛이 나타났다가 마치 꺼져가는 불의 불씨가 죽어가듯이 도로 사라졌다.

"그거 뭐야? 그만둬!"

오니들은 이제 의심하기 시작했고, 알렉시스와 리프에게 점점 가까이 다가왔다.

"거기 서!"

알렉시스가 고함쳤다. 작은 여자아이의 고함 소리에 깜짝 놀라 오니들은 우뚝 섰지만, 잠시뿐이었다.

"이건… 이건… 테멩 왕이 주신 환영의 선물이다! 이것은…."

알렉시스는 온 힘을 다해 손전등을 허벅다리에 때렸다. 하늘이 마침내 알렉시스의 소원을 들어준 듯, 밝은 빛이 주위를 비추었다.

"안약이다!"

알렉시스가 손전등을 광선 검처럼 휘두르며 외쳤다. 오니들은 모두 깜짝 놀라 비명을 지르고 신음하고 눈을 가렸다.

"아아아악! 빛이다! 아우우 아우우우!"

"물러나라! 안 그러면 이걸로 너희들 눈을 씻어 주겠다!"

알렉시스는 앞으로 나서며 손전등을 원 모양으로 흔들면서 동시에 리프를 자신의 쪽으로 더 가까이 끌어당겼다.

"내가 신호하면, 리프, 우리 같이 동굴로 튀는 거야."

알렉시스는 덜덜 떠는 리프에게 속삭였고 리프는 연약하게 고개를 끄덕였다. 오니들 무리는 물러나기 시작했지만, 그러면서 으르렁거리고 이를 갈았다.

"그르르라우우우우! 이제 **너도** 우리가 먹는다!"

오니 대장이 고개를 숙여 팔뚝으로 얼굴을 가리고 욕했다. 그는 다른 한 손을 휘젓더니 목에 걸린 물건을 더듬어 찾기 시작했다.

할머니의 선글라스!

알렉시스는 침을 꿀꺽 삼켰다.

'저놈이 저걸 쓰면 게임 오버야.'

알렉시스는 손전등을 대장 오니의 눈에 정면으로 비추어 잠시 앞을 못 보게 만들었다.

"아아아아아아악!"

대장 오니는 짖어 대며 선글라스를 떨어뜨렸고, 그 덕에 알렉시스와 리프는 목숨을 부지할 소중한 시간을 몇 초 더 벌 수 있었다.

"내가 말했지, 물러나!"

알렉시스는 쌍둥이폭포로 가는 길을 막아선 무리에게 더욱 긴박하게 소리쳤다. 내키지 않는 듯했지만 그들은 그 말에 따랐고, 알렉시스가 다가오자 뒤로 물러나면서 옆으로 비키기 시작했다.

알렉시스와 리프 앞에 조금씩 길이 열렸다.

'이제 **조금만 더**…'

"준비됐어?"

알렉시스가 속삭이는 소리로 재촉했다. 리프가 열심히 고개를 끄덕였다.

그러나 바로 그 순간 손전등이 깜빡거리기 시작했다.

깜빡. 깜빡.

깜빡.

깜,

빡.

그리고 손전등은 죽어 버렸다.

알렉시스가 아무리 절박하게, 아무리 세차게 허벅다리에 대고 때려도 손전등은 죽은 채로 다시 켜지지 않았다.

오니들은 대담해져서 다시 조심스럽게 다가오기 시작했다. 그리고 순식간에 그들의 앞에 열렸던 길이 사라졌다. 안전한 길로 가는 문이 잔혹하게 쾅 닫혀 버렸다.

그리고 그 끔찍한 짖음 소리가 다시 시작되었다.

– 아우우우 아우우우 아우우우우우우!

"빛 죽었다! 이제 너 죽었다!"

알렉시스는 눈을 감았다. 오니 떼가 당장이라도 그들을 덮칠 것이었다.

'죽었어. 끝이다.'

갑자기 리프가 강하게 속삭였다.

"귀 막아, 지금!"

알렉시스가 귀를 막는 순간 바로 옆에서 완전히 무시무시하게 찢는 듯한 소리가 울려 퍼졌다.

알렉시스가 눈을 떴을 때에는 전에 어디선가 봤던 광경이 다시 펼쳐져 있었다. 괴물들이 전부 땅에 쓰러져 몸을 웅크리고 신음하며 괴로워하고 있었다!

리프가 갈대 피리를 거꾸로 분 것이다! 케니트인 리프가 부는 피리 소리는 알렉시스가 낭마이 전사들 앞에서 불었던 소리보다 몇 배나 부드러웠지만 그래도 무시무시하게 듣기 싫었고 무시무시하게 효과적이었다.

알렉시스는 리프의 어깨를 두드렸다.

"잘했어!"

"뛰어, 뛰어, 뛰어!"

리프가 소리쳤다. 둘은 널브러진 괴물들을 뛰어넘으며 손을 잡고 함께 호숫가를 향해 달렸다.

그리고 물가에 닿았다!

"셋에 가자! 하나… 둘… 뛰어!"

알렉시스가 소리쳤다. 둘은 함께 뛰었다. 그리고 첫 번째 바위에 착지했다. 쉴 시간이 없다.

"하나 둘… 뛰어!"

두 번째 바위.

"하나… 둘… 뛰어!"

세 번째 바위.

그리고 다시, 또 다시. 이제 둘은 바위가 갈라지는 지점에 도착했다.

'어, 왼쪽이야 오른쪽이야? 살레가 한쪽 폭포 뒤에만 지름길로 이어지는 동굴이 있다고 했는데. 다른 쪽은 그냥 막다른 동굴이야.'

어느 쪽이 어느 쪽인가?

"나, 너, 지금 먹는다!"

뒤쪽 가까이에서 고함 소리가 들려왔다.

"갈대 피리 다시 불어, 리프!"

알렉시스가 몸을 돌리며 소리쳤다. 대장 오니가 그들을 향해 달려오고 있었다. 리프가 다시 한번 온 힘을 다해 갈대 피리를 불었다. 그러나 대장 오니는 계속 달려왔다.

'피리가 더 이상 말을 안 들어!'

오니가 양손으로 귀를 막아 버린 것이다!

오니 대장은 단번에 뛰어올라 바위 몇 개를 한꺼번에 지나서… 알렉시스와 리프가 있는 곳 절반 지점에 내려섰다!

그러나 오니는 젖은 바위에 미끄러졌다. 양손을 들어 귀를 막고 있었기 때문에 오니 대장은 제때 균형을 되찾을 수 없었다. 오니 대장은 비명처럼 짖어 대며 얼음장 같은 물속으로 떨어졌다!

축하할 시간은 없었다. 다른 오니들도 귀를 막고 대장의 뒤를 따라, 이번에는 바위를 하나씩 조심스럽게 뛰어넘어 달려오고 있었다.

당장이라도 오니들이 따라잡을 것 같았다.

– 아우우우 아우우우우 아우우우우우우 아우우우우우우우우!

'시간 낭비할 수 없어. 그냥 선택해야 돼. 막다른 동굴도 이것보단 안전할 거야! 살레가 처음 찍은 게 왼쪽이 맞다고 했으니까… 왼쪽이다!'

알렉시스는 온 힘을 다해 소리쳤다.

"왼쪽으로 가, 리프! 가, 가, 가! 하나… 둘… 뛰어! 하나… 둘… 뛰어! 하나… 둘… 뛰어어어어어어어!"

이제 드디어 폭포가 바로 코앞에 있었다.

– 아우우우 아우우우 아우우우우우우!

알렉시스는 리프를 집어 올렸다. 그리고 꽉 붙잡아 안았다.

"숨 참아, 들어간다."

알렉시스가 외쳤다.

"아아아아아아아!"

리프가 외쳤다.

쏟아지는 물살 뒤에 무엇이 숨어 있는지 전혀 알지 못한 채로 알렉시스는 후드를 머리 위로 당겨 쓰고 눈을 감고 기도했다.

그리고 앞으로 뛰었다.

22. 가장 어두운 밤

리프를 꽉 붙잡은 채 알렉시스는 허공으로, 그리고 천둥처럼 쏟아지는 물의 커튼 안으로 헤치고 들어갔다.

물의 장막 속을 헤치고 들어가자 물살이 알렉시스의 머리를 밀어 턱이 저절로 쇄골에 닿았다. 욕조에 가득 담긴 물과 얼음이 한꺼번에 알렉시스의 머리 위로 쏟아지는 것 같았다.

드디어 알렉시스는 반대편으로 나왔다. 여전히 공중에 뜬 채로 알렉시스는 물을 잔뜩 튀기며 차가운 호수 속에 떨어질 것을 예상하고 긴장했다.

다행히도 발이 단단한 땅에 닿았다.

알렉시스는 눈을 떴다.

눈을 감았을 때 보였던 완전한 어둠이 알렉시스가 눈을 떴는데도 앞에서 맞이했다. 전혀 다른 점이 없었다.

'눈이 안 보이면 이런 느낌인가.'

뒤에서는 ―쏟아지는 폭포수의 굉음을 뚫고― 오니들의 성난 짖음 소리가 여전히 들려왔다.

'저녁밥이 달아나 버려서 불평하는 거겠지, 틀림없이.'

"그르라아아아우! 아루우우우! 우리 기다린다! 우리 너 기다린다아아아아아아아아! 아우우 아우우 아후우우우우우!"

'주의 사항. 저 길로 되돌아가지 말 것.'

마음속에서 흥분이 가라앉자 알렉시스는 자신이 온몸을 덜덜 떨고 있다는 사실을 깨달았다. 리프도 마찬가지였다. 지진에 흔들리는 두 개의 물렁물렁한 젤리 같았다. 알렉시스는 리프를 땅에 내려놓았다.

"리리…리리…리프? 너… 너… 괘괘…괜찮아?"

알렉시스가 달각달각 이를 맞부딪치며 물었다. 방수 재킷 덕분에 상체는 대체로 젖지 않았지만 머리카락과 청바지는 흠뻑 젖었다. 찬 기운이 다리로 스며들고 머리뼈를 물어뜯는 것 같았다.

"두두…뇌… 두뇌가 얼…얼…얼었어. 너…너너…너무… 추추…추추…워…. 추워…. 새새…생…각…을… 모모…못… 하

75

겠…지지지만… 괘괘…괜찮…은… 것 가가같…아….”

알렉시스는 손전등을 몇 번 세게 때렸지만 불빛은 완전히 죽었다. 희미한 빛조차 생기지 않았다.

막막하다.

깜깜하고 막막하다.

'어둠 속에서만 별을 볼 수 있어.'

알렉시스는 할아버지가 어떤 유명한 사람의 말을 인용했던 것을 떠올렸다.

'마틴 루서 킹. 아마도. 하지만 여기는 별도 없고 달도 없고 빛도 없는 곳이야.'

너무 어두워서 그림자조차 생기지 않았다. 아무것도 볼 수 없었다. 아무것도 보일 수가 없었다.

'무서워할 시간이 없어. 계속 가자. 할 수 있는 일에 집중해. 우선 몸을 따뜻하게 해야 돼.'

배낭 안에 넣어 둔 물건을 떠올린 알렉시스는 배낭을 벗고 바닥에 쭈그려 앉았다. 그런 뒤 끈과 지퍼를 손가락으로 더듬어서 알렉시스는 찾고 있던 수건을 간신히 발견했다.

'안 젖었어. 방수 배낭 만세다!'

알렉시스는 수건을 꺼내 하나를 리프에게 건넸다. 물기를 말리고 나니 기분이 훨씬 더 나아졌다.

다행히도 여기 폭포 뒤쪽의 공기는 따뜻했다. 이가 맞부딪치고 떨리고 춥던 것도 차츰 가라앉았다. 알렉시스는 옆에서 리프가 일어나 돌아다니기 시작하는 소리를 들었다.

"뭐 해?"

알렉시스가 물었다.

"우리 멀어지면 안 돼. 아무것도 안 보이잖아. 네가 구멍 같은 데 빠져 버려도 내가 알 수 없다고."

"주변을 탐색하는 거야."

리프가 대답했다.

"어떤 통로나 작은 동굴에 들어와 있는 것 같아. 아니면 동굴로 가는 통로이거나."

알렉시스는 양팔을 옆으로 뻗었다. 손가락 끝이 단단하고 거칠거칠한 표면에 닿았다.

'바위 덩어리네.'

알렉시스는 위쪽으로 팔을 뻗었다. 마찬가지로 단단한 바위다.

'터널 같은 건가?'

알렉시스는 아랫입술을 깨물었다.

'앞쪽 말고는 갈 곳이 없구나. 계속, 계속 가야 해.'

"좋아 리프, 더 안쪽으로 들어가자. 눈 대신 손과 발로 더 들어 가면 돼."

알렉시스는 어둠 속을 더듬어 리프의 팔을 잡으려 했다. 리프가 불평했다.

"야! 너 방금 내 목 비틀었어! 아무 데나 더듬거리지 마!"

"미안해, 알았어, 알았어, 이제 찾았다. 내 손 꽉 잡고 내 오른쪽에 붙어 있어. 내가 왼쪽 동굴 벽을 더듬어서 길을 찾을 테니까. 너는 오른쪽 벽을 맡아. 알았지?"

"그 망할 비리의 소굴에서 나온 뒤로 이제 동굴은 영원히 끝인 줄 알았는데. 또 땅속 구멍에 또 너하고 같이 처박혀 있다니 내 팔자도 사납지. 게다가 네 손을 잡고."

"불평은 봄이 올 때까지 넣어 둬. 가자. 천천히 움직이고 제대로 발을 딛기 전에 앞에 뭐가 있는지 잘 더듬어 봐, 알았어? 구덩이에 빠지는 건 사절이야, 어둠 속에서는 더더욱."

"그래, 그래, 그 바위족처럼 트림이나 하지 마라. 그랬다간 내가 보복으로 방귀 뀌어 줄 테니까."

"가라고 했잖아."

알렉시스와 리프는 마치 다리가 묶인 거미가 발을 하나씩 하나씩 움직여 기어가는 것과 비슷한 방식으로 앞으로 나아갔다.

통로를 따라 나아갈수록 폭포수 쏟아지는 소리가 뒤에서

천천히 작아졌다. 둘 다 어디로 가는지 전혀 알 수 없었지만 최소한 앞으로 나아가고 있었다.

그러다가 마침내 알렉시스가 바로 앞의 단단한 표면에 이마를 세게 부딪쳤다.

"아야야!"

알렉시스는 관자놀이를 문질렀다. 혹이 솟아나기 시작했다. 알렉시스는 조심스럽게 양팔을 뻗어 주위를 더듬기 시작했다. 머리 위에 아무것도 느껴지지 않았으므로 이 부분은 분명히 천장이 높은 것 같았다.

그러나 그 외에는 전부 바위, 바위, 그리고 또 바위였다. 왼쪽부터 오른쪽까지. 바닥부터 머리 위로 가장 높이 팔을 뻗어 닿는 곳까지.

벽에 가로막힌 것이다.

막다른 동굴이다.

알렉시스의 심장이 내려앉았다.

'여기는 틀린 쪽 동굴이었어!'

알렉시스는 자신의 머리를 때렸다.

'망했어! 망했어! 망했어! 오른쪽 동굴로 들어갔어야 했는데!'

알렉시스는 앞을 가로막은 저주받을 바위 벽을 주먹으로

때렸다. 손가락 관절이 화끈거리고 따가웠다.

'밖에는 오니들이 있으니까 이젠 돌아갈 수도 없잖아! 망했어, 망했어, 망했어!'

"이젠 어떡해?"

리프가 날카롭게 물었다.

그 순간 갑자기 주위 공기가 알렉시스의 등골을 서늘하게 하고 머리카락을 쭈뼛 서게 만드는 소리로 진동했다.

─ 흐으으음음음음음흠음음!

둘은 반사적으로 서로의 품에 뛰어들어 겁에 질려 떨었다.

귀신 같은 신음은 계속 메아리치고 다시 메아리쳤고, 동굴 벽에 부딪쳐 울릴 때마다 어째서인지 점점 더 슬프고 점점 더 소름끼치게 들렸다.

─ 흐르르름음음음음흠음음! 흠음음음음름름음름름름름름흠음음음!

리프는 알렉시스의 품에서 빠져나와 미친 듯이 소리치기 시작했다.

"그만해! 그만하라고!"

알렉시스는 웅크리고 앉아 고개를 숙였다. 대체 어떤 괴물이나 유령이 이런 소리를 내는 걸까? 소리를 내는 존재가 어떤 모습인지 알 수 없다는 것이 가장 무서웠다. 주위를 둘러

싸고 있는 깜깜한 어둠 덕분이었다.

그리고… 대체 어둠 속 어디에서 저런 소리를 내는 것일까? 그것이 ―무엇이든 간에― 리프와 알렉시스 바로 옆에서 기어다니고 있어도 모를 수밖에 없었다.

혹은 바로 위에서!

메아리치는 신음은 계속해서 울려 퍼졌다.

– 흠음음름름흠흠름름음음흠음음! 흐르르름음음음흠음음! 흠음음음음음음음!

알렉시스는 양팔로 머리를 감쌌다.

'제발 살려 주세요, 누구든, 아무나! 제발. 제발.'

"쿠데라! 저거 쿠데라가 틀림없어!"

리프가 소리쳤다.

'몽마?'

알렉시스의 심장이 가슴속에서 튀어나와 동굴 밖으로 뛰쳐나갈 듯했다.

– 흠음음음음음음음음!

"아아아악! 도망쳐! 목숨 걸고 도망쳐!"

리프가 비명을 질렀다. 알렉시스는 리프가 옆으로 스쳐 달려가는 것을 느꼈다.

"잠깐만! 조심해!"

이미 늦었다. 리프는 이미 전속력으로 달려서 그들이 들어온 입구 쪽으로 돌아가 버렸다. 알렉시스도 뒤를 따르는 수밖에 달리 방법이 없었다.

느릿느릿 서투르게 추격한 뒤에 ─눈 대신 손발로 더듬어 쫓아가기란 어려운 일이었다─ 갑자기 멀리서 커다랗게 쿵! 소리가 들렸고 이어서 '아으으으으읍'하는 요란한 소리가 뒤따랐다.

"리프? 리프?"

'어디 구멍으로 떨어졌나?'

"괜찮아? 어디 있어?"

알렉시스는 손으로 더듬어 리프 쪽으로 다가갔다.

얼마 지나지 않아 귀에 들리는 것은 다시 폭포 소리뿐이었고, 가끔 동굴 바깥에서 오니들이 짖는 소리도 들려왔는데, 마치 여전히 저녁 식사를 기다린다고 알려 주기라도 하는 것 같았다. 다행히도 최소한 그 괴이한 신음은 멈추었다.

'살레가 쿠데라는 물을 무서워한다고 말하긴 했어. 이 폭포를 무서워하는 건가?'

신음이 더 이상 들리지 않는다.

'그래, 폭포야! 그냥 여기 있는 쪽이 더 안전하겠어.'

입구 쪽으로 다가가다가 알렉시스는 훌쩍거리는 소리를 들었다.

'휴, 저기 있구나.'

알렉시스는 리프 옆에 웅크리고 앉았다.

"혹시… 다쳤어?"

리프는 대답하지 않았다. 계속 흐느낄 뿐이었다.

'넘어졌나 보다.'

"여긴 안전해, 아마도. 쿠데라는 물을 무서워해. 여기로 온 건 좋은 생각이었어."

"내가… 내가 장작을 다 떨어뜨리지만 않았어도. 이제 우린 여기 갇혔어. 어둠 속에. 저 뭔지 모를 신음하는 것들과 함께…"

"그래도 오니한테 잡히진 않았잖아? 우린 아직 살아 있어. 그리고… 아직은 시간이 있어."

리프가 갑자기 목소리를 높였다.

"**아냐! 시간 없어! 그 말 그만해!**"

"하지만…"

"시간 **없어**! 자꾸 시간이 있다고 자기 자신에게 말하는 건 그냥 평정심을 되찾기 위해서야. 하지만 이거 알아? 그건 소용없는 짓이야! 봄은 몇 시간밖에 안 남았어! 그리고 우린 여기 갇혔고! **갇혔다고!**"

"하지만…."

알렉시스가 입을 열었다. 그러나 뭐라고 말해야 할지 알 수 없었다. 리프가 계속 쏟아 냈다.

"우린 앞으로 갈 수도 없어. 앞은 절망적이게도 막다른 골목이고 쿠데라들이 바위 구멍 속에 숨어서 무시무시한 신음을 내고 있잖아. 그리고! 그리고… 그리고 당연히 밖으로 나갈 수도 없어! 오니 똥이 되고 싶지 않으면!"

리프는 숨을 들이켰다.

"그러니까 우린 갇혔어, 알았어? 네가 알아듣게 다시 말해 줄게. 간, 혔, 다, 고. 갇혔어, 갇혔어, 갇혔어! 이 빌어먹을 어둠 속에 갇혔다고! 여기서 얼마나 오래 버티겠어? 우리한테 음식이 얼마나 있냐고? 생각해 보자…. 어… **없네?** 내가 가지고 있던 식량은 장작과 함께 전부 떨어져 버렸어! 우린 이 멍청하고 냄새나는 폭포 옆, 바로 여기에서 썩어 버릴 거야!"

알렉시스는 눈을 깜빡거렸다. 리프의 말이 옳다는 생각이 문득 떠올랐다.

낮이건 밤이건 이 동굴 안은 언제나 어두울 것이다. 그리고 그들이 아는 한 나갈 방법은 폭포를 통해 도로 나가는 길뿐이었다. 오니들이 밤새 기다리고 있을 그곳으로 말이다. 그리고 이제 선글라스를 가지고 있으니 오니들은 낮에도 계속 먹잇감을 기다릴 수 있을 것이다.

'여기 돌아오려고 서두르다가 음식 싸오는 걸 잊어버리다니 나도 참 멍청하지.'

이제 온몸이 걷잡을 수 없이 떨리기 시작했다. 알렉시스는 양팔로 다리를 껴안고 무릎 사이에 얼굴을 묻었다. 눈물이 북받쳐 올랐다.

'이게 끝이야? 나 실패한 거야?'

눈에 눈물이 고였다. 알렉시스는 떨림을 멈추기 위해 몸을 앞뒤로 흔들었다.

'난 왜 이렇게 생각이 없지? 내가…, 나라는… 별거 아닌 여자애가 여기로 쳐들어와서 혼자 할머니 할아버지를 다 구해 낼 수 있다고 믿다니 얼마나 멍청한 거야? **멍청 멍청 멍청!**'

알렉시스는 가슴속에서 치받쳐 오르는 상처와 분노를 삼키려 애썼다.

"미…미안해, 리프. 내 잘못이야. 내가 이 쓰레기 같은 섬에 억지로 오자고 했어. 나 때문에 우리 둘 다 위험해졌어. 나 때문에 네가 두 번이나 죽을 뻔했고, 이제는…."

알렉시스의 목소리가 갈라지기 시작했다.

"이제는 정말로 그렇게 될 것 같네."

긴 침묵이 이어졌다.

"날 죽인다고?"

갑자기 리프의 떨리는 손이 알렉시스의 팔에 닿았다.

"뭐? 아냐! 너… 네가 날 구해 줬어… 몇 번이나! 그럴 필요가 없을 때도, 그리고… 구해 주지 않는 편이 나았을 때도…. 방금 전에 오니들한테 했듯이. 오니들은 널 먹을 생각이 아니었어. 놈들은 나만 먹고 싶어 했어!"

리프는 목이 막히는 듯했다.

"누구 잘못인지 따지고 싶다면 나 말고는 탓할 사람이 없어. 내가 알아. 너도 알고. 내 잘못인 걸 모두 다 안다고. 모든게 언제나 내 잘못이야. 타사니, 비리, 트리샤 공주님…. 그리고 물론 네 할아버지도! 나도 어쩔 수가 없어. 화가 나면 참을 수가 없어. 어쩔 수 없어. 너무, 너무 화가 나. **언제나.**"

리프는 토해 내듯 흐느끼며 옆에 있는 바위 벽을 두드렸다.

알렉시스는 눈을 깜빡거렸다. 그리고 한숨을 쉬었다.

'내 잘못, 네 잘못, 우리 잘못…. 결국은 그래 봤자 도움이 안 되잖아? 탓해 봤자 소용없어.'

이것이 마지막이라면 알렉시스는 이 순간을 슬프게 만들고 싶지 않았다. 어둠 속에서 괴물에 둘러싸여 있는 것만으로도 충분히 우울했다.

'주제를 바꾸자.'

"아 맞다! 리프, 할머니가 그러시는데 너 테멩 왕 밑에서 일
했었다며! 정말이야?"

잠깐 침묵한 뒤에 리프가 목소리를 가다듬었다.

"어? 뭐? 아, 그래. 난 테멩 왕의 왕실 광대였어. 쳇, 그 자체
가 만담이지. 나도 알아."

리프가 잠깐 말을 멈추었다.

"하지만… 왕궁이 바로 내가 알리사를 만난 곳이야."

"누구?"

"세상에서 가장 아름다운 케니트야. 알리사는 테멩 왕의
궁전에서 일하는 왕실 치료사였어."

알렉시스는 웃음 지었다.

"그래? 얘기해 줘!"

"그러니까… 난 알리사한테 홀딱 반했어. 그래서 어떻게든
알리사의 관심을 얻고 옆에 있으려고 할 수 있는 일은 다 했
어. 꾀병을 수도 없이 앓았어, 알리사를 만나려고, 그리고 알
리사가 날 돌봐 주게 하려고! 일을 너무 많이 빼먹어서 테멩
왕이 날 해고할 뻔했지."

리프는 말을 멈추었다. 알렉시스는 어쩐지 어둠 속에서도
리프의 따뜻한 미소가 퍼지는 것을 느낄 수 있었다. 아주 약
하지만 말이다.

리프는 기침을 했다.

"어쨌든 난 성공했어. 알리사가 마침내 영원히 날 돌봐 주기로, 내 아내가 되기로 했으니까. 나는 미스트 전체에서 가장 행복하고 가장 운 좋은 케니트였어. 우리는 강 근처에 같이 집을 지었어, 작은 오두막을. 단순했지만 우리 집이었고 알리사가 집을 아름답게 꾸몄어."

"와! 굉장한 사랑 얘기구나! 알리사는 지금 어디 있어?"

리프는 조용해졌다.

'어머나, 그런 건 묻지 말 걸 그랬네.'

리프는 길고 슬픈 한숨을 내쉬었다.

"결혼하고 얼마 지나지 않아서 전염병이 미스트를 덮쳤어. 치명적인 병이었어. 알리사는 자기 일을 하겠다고 고집했어. 언제나 다른 사람들을 먼저 생각했으니까. 내가 말렸지만 소용없었어, 자기 의무라고 알리사가 그랬어. '난 치료사니까.' 그렇게 말했어. '아픈 환자들에게 당장 내가 필요해.'라고 했어."

리프의 목소리가 떨리기 시작했다.

"그래서 알리사는 환자 병동에서 낮이나 밤이나 쉬지 않고 일했어. 그러다 결국은 전염병이 옮아 버렸어. 그리고 그냥 시들어 갔지."

리프는 깊이 숨을 들이쉬었다.

"그것만 해도 괴로웠는데⋯. 난 알리사에게 가까이 갈 수도 없었어. 옆에 있을 수가 없었어. 마지막 순간을 같이 할 수도 없었고. 그냥⋯ 작별 인사를 하고 싶었는데."

리프는 바닥을 몇 번 때렸다.

"전염병과 가까이 지내면 안 된다고 거듭 얘기했는데 결국 그 병 때문에 그렇게 됐어. 전혀 모르는 사람들을 구해 주고 그런 일을 한 덕분에 알리사는 혼자 죽었어."

리프는 울기 시작했다.

"다 소용없어, 소용없다고, 아무도 소용없고 아무 이유도 없었어, 난 알리사를 잃었어. 그리고 나한테 남은 것은 우리의 아름다운 텅 빈 집이었어. 그 집을⋯."

리프의 숨소리가 떨렸다.

"네 할아버지가 그날 밤에 부숴 버렸어."

알렉시스는 깊이 숨을 들이쉬었다. 목에 갑자기 덩어리가 걸린 느낌이라 숨을 쉬기 괴로웠다.

"리프⋯ 네 집을 부순 건 할아버지가 아니야."

침묵.

"내가 그랬어. 사실은 그거⋯ 나였어⋯."

또 침묵.

알렉시스는 몸을 떨었다.

"너무… 너무 어두워서 아무것도 안 보였어. 난 발이 걸려서 네 집 위로 넘어졌어."

알렉시스의 목소리가 갈라졌다.

"그건… 그건 나였어야 했어. 하지만 할아버지가 잘못을 뒤집어쓰게 내가 내버려뒀어… 그리고 이제 할아버지는 기억을 빼앗겼어. 할아버지 자신이 거의… 사라졌어…."

이번에는 리프가 침묵을 깼다.

"굉장하다! 아주… 아주 굉장해! 내가 주문을 잘못 걸었고, 상대도 잘못 골랐네. 굉장해! 내가 항상 그렇지, 뭐든지 망쳐 버려!"

리프는 울기 시작했다.

"너무… 너무 미안해. 너희 할아버지를 다치게 해서. 그리고… 그리고 너희 할머니도."

리프는 통곡했다.

"그날 밤, 부…불침번을 서고 불이 꺼지지 않게 지키는 당번은 나였어. 너희 할머니가 주무시는 동안. 그렇지만… 난 잠들어 버렸어. 그래서 오니들이 공주님을 잡아간 거야. 미… 미안해… 일을 이렇게 만들어서. 항상 이 모양이야. 너무 미안해, 알렉시스… 너무너무…."

리프의 나머지 말들은 산사태처럼 쏟아지는 눈물에 묻혀버렸다.

'눈물이다. 저주를 건 자의 눈에서 비 오듯 쏟아지는 후회의 소금.'

알렉시스는 이 아이러니에 그저 어깨를 움츠릴 수밖에 없었다.

'결국은 이번 여행에서 필요한 재료를 거의 다 얻게 되었군. 만세, 만만세다.'

알렉시스의 목에 걸렸던 덩어리가 가슴으로 떨어져 심장 안으로 점점 깊이 아프게 파고들었다.

'큰 성공 거두셨네. 이젠 너무 늦었어. 그냥 너무 늦은 거야.'

갑자기 신음 소리가 다시 시작되었다.

– 흐음음음음르흐음름름름흐음음!

– 흐으으으으음음음음음!

– 흐르르름름름음음음음음!

알렉시스는 공포에 질려 얼어붙었다.

'쿠데라다! 여기로 왔어!'

그리고 또 완전히 다른 소리가 들려왔다.

– 크르르르르… 크르르르르르르르를.

이어서 굵고 거친, 귀에 거슬리는 '쿵' 소리.

이어서 메아리.

– 르르르르르르를 크르르르르르를. 쿵.

– 르르르르르르를 크르르르르르를. 쿵.

으르렁거리는 소리가 알렉시스의 귓가에서 계속 울렸다.

"저건 도대체 뭐야?"

리프가 외쳤다.

"나도 몰라!"

알렉시스는 걷잡을 수 없이 몸을 떨기 시작했다.

신음도 다시 이어졌다.

– 흐으므므므르르름음음음음음흠음!

– 흠음음음음음음음흐르르르!

– 흐르르르르름음음음음음흠!

"아악! 닥쳐! 닥치라고!"

리프가 미친 듯이 소리쳤다.

알렉시스는 몸을 둥글게 웅크리고 머리를 양팔로 감쌌다.

– 크르르르르를… 크르르르르르르를!

이번에는 으르렁거리는 소리가 더 커졌다.

메아리도 마찬가지였다.

– 르르르르르르를… 그르르르르르르르를!

– 르르르르르를⋯ 크르르르르르르르르르를!

– 그르르르르!

이 짐승은 ―뭔지는 모르겠지만― 가까이 다가오고 있었다! 알렉시스와 리프는 말없이 서로를 꼭 껴안고 마지막을 준비했다.

'엄마, 아빠, 정말 죄송해요. 작별 인사를 하지 못했어요. 저에 대한 마지막 기억은 또 이사를 해야 되냐며 부모님한테 화내는 버릇없는 꼬맹이의 모습이겠네요.'

돌연히 알렉시스의 귀에 낯선, 펄럭거리는 소리가 들렸다.

퍼덕퍼덕.

잠깐, 가슴 안쪽에서 소리가 들린다?

'어? 내가 환각을 듣는 건가?'

알렉시스는 깜짝 놀라서 생각했다.

'내 심장이 미친 건가?'

알렉시스는 심장이 갈비뼈 밖으로 날아갔는지 확인하기 위해 자기 몸을 더듬었다. 아니다, 심장은 미친 듯이 뛰고 있었지만 몸 밖에 나와서 이상하게 펄럭거리는 소리를 내지는 않았다.

퍼덕퍼덕.

알렉시스는 재킷을 확인했다.

퍼덕퍼덕퍼덕.

알렉시스는 재킷 주머니에서 병을 꺼내 눈앞으로 들어올렸다. 아무것도 안 보인다. 뭔가 보이기에는 당연히 주변이 너무 어두웠다.

퍼덕퍼덕.

소리는 수정병 안에서 들려오고 있었다!

갑자기 희미한 노란색 불빛이 보였다.

그리고 또 하나.

그리고… 그리고 빛이 있었다.

알렉시스와 리프 모두 입을 떡 벌렸다.

알렉시스는 이 기적을 머리 위로 높이 들어 올리며 아킬라의 말을 떠올렸다.

모든 것이 망가지고 모든 희망이 사라졌을 때,

믿음을 가져라, 새벽이 오기 전의 밤은 가장 어두운 법.

가장 외로운 그 시간에 봄의 빛이 태어난다….

알렉시스는 자기도 모르게 속삭였다.

'그리고 빛은 언제나 극복한다.'

그들 위에서, 알렉시스의 쭉 뻗은 손 안에서.

수정병의 깨지지 않는 수정이 증폭하고 강화하고 확대한 덕분에 완전하게 영광스러운 모습으로 피어나….

바다의 그림자를 비추는 탐조등처럼 빛나며, 구름 없는 하늘에 뜬 태양처럼 번쩍이는 것은 이제 더 이상 지렁이가 아닌 어떤 존재였다.

그러나 절대로 나비도 아니었다.

대신….

KC는 찬란한 반딧불이였다.

23. 산의 노인

"아야야! 어이! 어이, 너! 그거 꺼!"

알렉시스와 리프는 펄쩍 뛰었다가 서로 쳐다보았다. 둘 다 아무 말도 하지 않았다. 알렉시스도 리프도 찬란한 반딧불이 빛에 매료되었던 것이다. 너무나 매혹되다 보니, 점점 다가오는 으르렁 소리와 신음에 대해서는 놀랍게도 잊어버렸다. 알렉시스는 다시 심장이 쿵쿵 뛰기 시작하는 가운데 천천히 몸을 돌렸다.

'헉!'

저 앞쪽, 동굴 통로 한가운데에 서 있는 것은 키가 크고 말라빠진 노인이었다. 노인은 푸르스름하고 넉넉한 옷을 입고 있었다. 얼굴을 둘러싼 머리카락은 전부 —반짝이는 대머리 정수리만 빼고— 비둘기처럼 희었고 목과 어깨를 숄처럼 휘둘러 감싼 믿을 수 없이 긴 턱수염도 마찬가지였다. 노인은 오른손에 이끼로 뒤덮인 나무 지팡이를 쥐고 있었는데, 그 지팡이를 들어 수정에 확대된 반딧불이의 강렬한 빛이 눈을 쏘지 못하게 가리고 있었다.

그러나 알렉시스는 그 때문에 놀란 것이 아니었다.

'저거… 설마… 혹시… 어머나. 설마… 저거… 혹시…'

노인 뒤에는 그들이 서 있는 통로 전체를 거의 꽉 채울 정도로 커다란 짐승이 서 있었다. 처음에 알렉시스는 그것이 코끼리라고 생각했다. 코가 길었고 코 양쪽에 노르스름한 흰색 상아가 튀어나와 있었다.

그러나 코끼리와 비슷한 부분은 거기서 끝났다. 귀는 보통 코끼리에게서 볼 수 있는 얇고 넓적한 모양 대신 비교적 작고 위쪽으로 바짝 선 채 뾰족해서 고양이 귀와 더 비슷했다. 무시무시한 아래턱에는 날카로운 송곳니가 삐져나와 있었다. 그러니까 분명히 채식 동물은 아니었다. 두툼한 몸체는 호랑이와 비슷해서 전체가 다 팽팽한 근육과 단단한 힘줄로 이루어져 있었고, 그 몸통에 달린 네 개의 다리는 나무줄기 같은 코끼리 다리와는 달리 발에 뾰족한 발톱이 튀어나와 있었다.

그리고 몸 전체가 거친 회색 털로 덮여 있었으며 털에는 얼룩말 같은 검은 줄무늬가 있었다. 털매머드와 검치호가 결혼해서 새끼를 낳았으면 이렇게 생겼을 것 같았다.

그러나 이 동물의 가장 충격적인 안-코끼리적인 특징은 등이었는데, 등에 한 쌍의 거대한 날개가 돋아 있었던 것이다! 할머니의 잠자리처럼 투명한 날개와는 달리 이 동물의 날개는 가죽 같아서 진짜 용의 날개처럼 보였다!

- 크르르르르르를. 크르르르를를르르르를.

그것은 소음기가 고장 난 채로 엔진을 켜 둔 할리데이비슨 오토바이처럼 웅웅거렸다. 동물은 마치 재채기라도 할 듯 갑자기 긴 코를 들어 올렸다. 그러나 재채기 대신에 커다랗게 익숙한 소리를 내며 막힌 코를 풀었다. 쿵!

'저기서 그 무서운 소리가 들려왔구나!'

"저…저거 바쿠다!"

리프가 속삭였다.

"와, 나 처음 봐."

알렉시스의 심장이 두근거렸다.

'바쿠! 어머나 세상에, 어머나 세상에! 내가 바쿠를 보고 있어! 내가 바쿠를 봤어!'

노인이 다시 고함쳤다.

"어이! 너희 둘! 안 들리냐? 그 망할 불을 끄라고 했잖아! 그 불빛 때문에 눈에서 피가 나고 백내장이 생길 것 같단 말이야!"

"죄송해요. 안 돼요! 끌 수 없어요! 불빛을 내는 건 제 반려 반딧불이예요. 스위치를 돌리면 꺼지는 게 아니에요!"

알렉시스가 사과했다.

"반딧불이? 저런…. 내가 본 것 중에 제일 밝구나! 대체 뭘 먹였어, 석유? 그리고 어이, 너 부끄러운 줄 알아라. 그렇게 조그만 병 속에 가둬 놓다니. 너네 인간들은 다 똑같아. 동물을 무슨 가지고 놀아도 되는 장난감처럼 다루지."

깨달음이 파도처럼 덮쳐왔다.

'그러니까… 이 노인이… 은둔자, 산의 노인이구나!'

"저… 저… 그런 거 아니에요! 저희 할아버지가 겨울이 오기 전에 애벌레를 구해 줬고 저는 봄이 돌아오면 놓아주려고 했어요!"

'하지만 저분은 옴바크들이 말한 것처럼 그렇게 무서워 보이지 않는데? 전혀 그렇지 않아!'

"그렇단 말이지?"

산의 노인이 못 믿겠다는 듯 눈을 가늘게 떴다.

"그 말 꼭 지켜라. 이 섬은 반딧불이투성이니까 그 애도 고향에 온 것처럼 느낄 거다. 어찌 됐든, 내 눈이 완전히 멀기 전에 그 과다 충전된 전등 위에 천이라도 한 장 덮어 줄래?"

알렉시스는 고분고분 수정병 위에 수건을 덮었다. 불빛이 상당히 부드러워져서 이제 경기장 스포트라이트보다는 침실 전등과 더 비슷해졌다.

'옴바크들이 바쿠를 죽이고 돌아다녔으면 나라도 엄청 화가 났겠는데!'

"아아아아, 훨씬 낫구나!"

노인이 눈을 세게 깜빡이며 팔을 내렸다.

"자 그러면, 너희들은 대체 누구이고 어째서 내 집에 허락 없이 들어온 거냐?"

'그래도 최대한 공손하게 구는 게 좋겠지, 만일을 대비해서.'

알렉시스는 예의 바르게 인사했다.

"산의 노인이신 은둔자 선생님, 안녕하세요. 만나 뵙게 되어서 영광입니다. 이쪽은 리프이고 저는 알렉시스입니다. 테멩 왕이 제 증조할아버지세요."

"오오오."

노인이 몸을 돌려 바쿠를 바라보았다.

"저 말 들었냐, 유메? 왕족이 우리를 방문하셨다! 쯧! 쯧!

예의바르게 굴어야지? 얼른 인사해!"

노인과 바쿠 모두 과장되게 고개 숙여 인사했다. 알렉시스는 커다란 바쿠가 앞다리를 쭉 뻗어 절하는 모습을 보고 소리 내어 웃었다.

'너무 귀여워! 서커스 공연 같아!'

노인이 킥킥 웃었다.

"신경 쓰지 마라. 그냥 장난하는 거야. 여기는 손님이 거의 안 오거든. 손님 접대하는 기술을 갈고닦을 기회가 별로 없지."

알렉시스는 어깨를 으쓱하고 생각했다.

'이 노인은 무섭다기보다는 그냥 괴짜인데. 혼자 너무 오래 지내서 그럴 거야, 아마!'

노인이 다시 말했다.

"테멩 왕에게 손주가 있는 줄도 몰랐는데 증손녀까지 있었군. 내가 아는 외동딸은 한참 전에 미스트에서 쫓겨났어. 상류층 뒷이야기에 내가 너무 오래 신경을 안 썼구나. 여기는 소문 배달 서비스가 별로 빠르지 않아서 말이지."

"그 쫓겨난 외동딸이 우리 할머니예요."

알렉시스가 설명했다.

"아! 트리샤 공주님! 공주님 요즘 어떻게 지내시냐? 할머니가 될 만큼 나이를 먹었다는 거 빼고?"

"어, 꽤 잘 지내세요. 냄새나는 오니 군단한테 인질로 잡히긴 했지만요…."

"정말이냐! 오오오오, 공주님이 공주님이라서 참 다행이지 뭐냐! 안 그랬으면 잡아먹혀서 지금쯤 거름이 되었을 텐데!"

리프가 폭발했다.

"제 말이요! 우리야말로 그놈들 저녁밥이 될 뻔했다고요!"

"호…혹시 할머니를 오니들한테서 구출하는 걸 도와주실 수는 없나요, 선생님?"

알렉시스가 운을 시험해 보았다.

"글쎄, 네가 공손하게 부탁하니 해 볼 수도 있겠구나. 하루나 이틀 뒤에 나머지 바쿠들도 겨울잠에서 깨어나면 말이지."

'하루나 이틀? 우린 그럴 시간 없어!'

알렉시스는 온순하게 양손을 모아 잡고 호소했다.

"아, 안 돼요! 저어어어기 혹시 여기 이 바쿠가 대신 오늘 밤에 저희를 좀 도와줄 수는 없나요? 그러니까 혹시나, 지금 당장요?"

알렉시스는 희망을 가지고 물어보았다. 노인은 한쪽 눈썹을 치켜올리더니 못마땅하다는 듯 고개를 저었다.

"우선, 여기 있는 이 바쿠한테는 이름이 있고, 그 이름은 '유메'다. 다음으로, 이런, 이런, 이런. 마루를 내주면 안방을 차지한다더니…. 욕심 많고 참을성 없는 전형적인 공주형 인간이구나, 안 그래? 쯧쯧쯧!"

알렉시스의 얼굴이 빨개졌다.

"정말 죄송합니다, 은둔자 선생님. 저희가 좀 시간에 쫓겨서요. 그러니까요, 우리 할아버지의 기억이 마법에 걸려서 망가져 버렸거든요. 그래서 저희가 치료 약을 만들기 위해 봄의 첫 번째 꽃인 루이킹의 감로가 필요해서요."

노인은 나무 지팡이를 두 번 내리쳤다.

"아! 그래서 너희 가족 휴가를 여기서 보내고 있구나! 글쎄, 유메가 너희를 도와서 오니 몇 마리를 겁주거나 먹으면 무척 좋겠지만, 불행히도 유메가 아프다. 독감이 심하게 걸렸어, 불쌍하게도."

노인이 유메의 머리를 쓰다듬었다.

"그래서 지금 바쿠 중에서 얘 하나만 깨어 있는 거야. 코가 막혀서 다시 잠들 수가 없거든!"

리프가 헛기침을 했다.

"아흠, 저희가 도움이 될 만한 걸 가지고 있는데요. 낭마이 벌젖입니다!"

리프는 의미심장하게 알렉시스를 쳐다보았다.

'좋은 생각! 타사니가 부탁한 것보다 벌젖을 훨씬 더 많이 준 게 다행이야!'

노인의 눈이 커졌다.

"그거면 낫겠구나!"

노인은 유메의 등을 두드렸다.

"우리 유메를 고쳐 줄 수만 있으면 유메도 당연히 너희를 도울 거다. 사실 너희 할머니를 되찾아 오는 것뿐만 아니라 산꼭대기까지 너희를 태우고 날아갈 수도 있어. 그러면 루이킹 꽃이 피기 전에 닿을 수 있겠지!"

리프와 알렉시스는 놀라움을 감추지 못하고 서로를 쳐다보았다.

'드디어 일이 풀리기 시작하는 건가? 그럴 때도 됐지!'

"만세!"

알렉시스의 심장이 기쁨으로 들떴다.

"정말 너어어어무 감사합니다, 은둔자 선생님! 저희를 구해 주셨어요!"

앞뒤 상황을 잊어버리고 알렉시스는 앞으로 달려 나가 노인을 꽉 껴안았다.

노인의 입술이 양옆으로 풀려 환한 미소가 되었디.

"아이구. 그래, 그래. 그런데 나한테 자꾸 은둔자라고 하지 마라. 게가 된 기분이야. 그리고 그렇게 부르면 마치 내가 사교성이 전혀 없는 것처럼 들리는데, 난 그저 사람을 별로 좋아하지 않을 뿐이야. 요즘에는 '수호자'로 알려지는 쪽이 더 마음에 든다. '수호자 선생님'이라고 불리는 것도 아주 듣기 좋긴 하지만 나를 '셴'이라고 불러도 좋아. 그래 됐다, 가자, 따라오렴."

노인 셴이 지팡이를 흔들었다.

"벌젖을 탈 뜨거운 물이 있어야겠군."

셴과 바쿠는 몸을 돌려 동굴 안쪽으로 걸어갔다.

"먼저 가세요. 저도 곧 따라갈게요!"

알렉시스는 재빨리 빈 통을 꺼내 바닥에 웅덩이가 되어 고인 리프의 눈물을 듬뿍 펐다.

아까 머리를 부딪쳤던 바위 벽 부근에서 알렉시스는 셴과 유메와 리프를 따라잡았다. KC의 빛 덕분에 알렉시스는 그것이 전혀 벽이 아니라는 사실을 알게 되었다. 실제로 그곳은 절벽의 한 면이었고 그들이 있는 곳은 절벽 아래쪽이었다. 위에서 던진 밧줄 사다리가 눈앞에 걸려 있었다.

그들은 밧줄 사다리를 타고 위로 올라갔다. 다 올라가서 알렉시스는 주위를 둘러보았다. 그곳은 축구장 크기 정도 되는 커다란 동굴 속 지하 공간이었다. 몇 분마다 한 번씩 그 공간은 우울한 한숨 소리와 그 한숨의 메아리 소리로 가득 찼다.

– 흐음음음음음음흠음음!

– 흠흠음음음음음흠흠!

– 흐음음음음음음흐음음!

'우리가 들었던 그 한숨이다!'

알렉시스는 한숨이 어디서 들려오는지 알아내려 애썼다. 이상하게도 그 소리는 어느 한 곳이 아니라 동굴 벽 틈바구니 곳곳에서 마구잡이로 새어 나오는 것 같았다.

'벽이 살아 있나?'

셴은 한숨 소리가 날 때마다 알렉시스가 목을 길게 빼고 두리번거리는 것을 알아차렸다.

"멋진 곡조 아니냐? 내 서라운드 사운드 시스템이야!"

그가 말을 이었다.

"전부터 내가 한숨을 너무 많이 쉬어서 나 대신 다른 누군가가 한숨을 쉬게 해야겠다고 결심했지. 습관을 고치는 좋은 방법이야! 이 벽 속에 사는 귀뚜라미들에게 마법을 걸어서 귀뚤귀뚤 소리를 한숨으로 바꿨단다. 그랬더니 잠재적인 침입자들을 집줄 수 있다는 길 알게 됐지. 그러니까 보안 시스템

역할도 겸하는 거야! 동굴 입구의 한숨 소리는 초대받지 않은 손님이 오면 울려 퍼지게 돼 있지!"

'아하, 그러니까 여기가 살레가 말한 한숨의 동굴이구나!'

"자, 내가 보여 줄게."

셴이 위를 쳐다보았다.

"괜찮아, 이 둘은 초대받아서 들어왔어!"

한숨 소리가 당장 멈추었다.

계속 안으로 들어가자 동굴 벽 안쪽에 타오르는 횃불이 줄지어 있어 방 안은 아늑한 오렌지색 불빛으로 밝혀져 있었고 공기도 상당히 따뜻했다.

그들은 거품을 뿜는, 꽤 커다란 못에 도착했다. 나무 양동이가 가장자리에 놓여 있었다. 안개 덩어리가 물 표면에서 뿜어져 나왔다. 공기는 따뜻하고 끈적끈적했다.

'흠, 아냐, 이건 안개가 아니라 수증기인데!'

셴이 고개를 숙이고 지팡이로 신호했다.

"환영합니다, 환영합니다. 이곳은 내 욕실이란다! 오랫동안 몸을 담그고 기분 좋게 수영하기에 아주 좋은 곳이야. 특히 오늘처럼 쌀쌀한 날씨에 말이다. 하지만 그러려고 온 건 아니지."

셴이 나무 양동이를 집어 들었다. 리프가 쭈그리고 앉아 못에 손가락을 하나 집어넣었다.

"오오오오, 온천이네! 당장 뛰어들고 싶군! 목욕을 한 지가 수십 년은 된 것 같아!"

리프는 자기 겨드랑이 냄새를 맡고는 거의 토할 뻔했다. 셴이 얼굴을 찡그렸다.

"자, 방금 확실히 알았다. 너는 절대로 들어가지 마! 너 때문에 내 물이 오염되면 안 돼. 이건 내가 마시는 물이기도 하다고, 알아 둬라."

셴은 나무 양동이를 못에 집어넣어 뜨거운 물을 절반쯤 채웠다.

"이제 벌젖을 줄 수 있겠나, 손님들?"

알렉시스는 병을 꺼내 로열 남마이 벌의 벌젖을 양동이에 몇 방울 떨어뜨렸다. 그러자 셴이 양동이를 힘차게 돌리기 시작했다. 그 모습을 보던 알렉시스의 머릿속에 어떤 생각이 번득 떠올랐다.

'흠, 혹시 KC도 이걸 좋아하지 않을까?'

알렉시스는 수정병 안으로 벌젖을 몇 방울 떨어뜨렸다. 기쁘게도 반딧불이는 열심히 벌젖을 핥아 먹었고 한 번 먹을 때마다 더 밝게 빛나는 것 같았다. 알렉시스는 몇 방울을 더 넣어 주었다.

물에 탄 벌젖이 잘 섞이자 셴은 유메에게 손짓했고 유메는 뒤뚱뒤뚱 다가왔다. 리프가 밟히지 않기 위해 옆으로 비켜서 거대한 바쿠가 지나갈 공간을 마련해 주었다.

"이거 다 마셔라, 유메."

셴이 말했다.

"처음에는 입으로, 그리고 코로 마셔."

유메는 순순히 시키는 대로 마셨다. 알렉시스는 놀랐다.

"와! 어떻게 그걸 다 알아들어요? 바쿠도 말을 해요?"

리프가 끼어들었다.

"아냐, 이론적으로 말을 할 수는 없어, 최소한 우리가 말하는 방식으로는. 쿠데라가 너한테 악몽을 꾸게 하는 방법에 대해서는 들었지, 응? 그러니까 대충 그 비슷한 방식으로 바쿠도 가까이 있으면 너의 생각과 꿈을 들을 수 있어."

"그리고 우리도 바쿠의 생각을 들을 수 있지."

셴이 덧붙였다.

"귀를 열심히 기울이면, 그러니까 머리 바깥에 튀어나온 얄팍한 살점이 아니라 마음속에 있는 귀를 기울이면 너도 여기 유메가 너한테 말하는 걸 들을 수 있을 거야."

셴이 유메의 머리에 손을 얹고 부드럽게 쓰다듬었다.

"착한 우리 아가. 이제 누워라."

마치 전원 스위치를 끈 것처럼 유메의 다리가 당장 접혔고 털북숭이 덩어리가 되어 쓰러졌다. 유메의 머리가 부드럽게 바닥으로 내려갔다. 약이 듣기 시작한 것이다.

"자장자장."

셴이 계속 유메의 목을 쓰다듬었다.

"자장자장… 착하지…. 푹 자라, 우리 아가."

유메의 눈꺼풀이 무겁게 닫히려고 할 때 리프가 유메 앞에 뛰어들었다.

"너무 오래 자면 안 돼!"

리프가 유메의 얼굴 바로 앞에 손가락을 치켜세웠다.

"잊지 마, 넌 우리를 산꼭대기까지 태우고 날아가야 해! 난 절대로 걸어 올라가지 않을 거야! 내 말 들려?"

리프는 짜증스럽게 손가락을 좌우로 흔들었다. 졸린 유메는 이 귀찮은 항의를 큰 소리로 불어 버리려는 듯 리프를 향해 긴 코를 들어 올렸다. 앞에서 거슬리게 구는 작은 케니트에게 화가 난 것이 분명했다.

– 쿵쿵! 쿵쿵쿵!

막힌 콧구멍에서 유메가 낼 수 있었던 소리는 이것이 전부였다.

– 으르르르르르르.

유메는 모터보트처럼 웅웅 진동했다. 갑자기 이 거대한 바쿠는 긴 코를 힘주어 허공에 바짝 들어 올린 채 그대로 멈추어 섰다.

유메의 눈이 커졌다. 그러더니 유메의 입이 성의 도개교처럼 천천히 조금씩 벌어지며 칼끝처럼 날카로운 송곳니를 드러냈다. 리프는 겁을 먹고 천천히 물러나기 시작했다.

"이런. 어어어어, 바쿠는 케니트를 먹지 않지, 그렇지? 그렇지? 아닌가?"

유메의 긴 코가 움찔움찔 움직였다. 그러더니 다시 뻣뻣해졌다. 그러고는….

– 에에에에에에치이이이이이이이!

알렉시스가 평생 들어본 것 중에서 가장 커다랗고 천둥 같은 재채기 소리가 울려 퍼졌다!

그러나 그 천둥 같은 재채기 소리 다음 순간에 따라온 일이 더욱 기억에 남았다. 전쟁 때 대포에서 날아가는 대포알처럼 큰 초록색 덩어리가 유메의 코에서 나왔다.

이 끈끈한 풍선 같은 덩어리는 알렉시스의 눈 바로 앞으로 날아갔다. 덩어리가 날아가는 경로를 따라 알렉시스의 고개가 오른쪽에서 왼쪽으로 휙 움직였다.

시야 가장자리에서 알렉시스는 리프가 곧 비명을 지를 듯이 입을 떡 벌리는 모습을 보았다. 그리고 이 거대한 녹색 덩어리가 커다랗게 철퍽 소리를 내며… 리프의 머리에 맞았다!

끈적끈적한 덩어리는 마치 액체 헬멧처럼 리프의 머리 전체를 감쌌다.

바쿠 콧물의 헬멧이다.

"아아아아아아아악! 더러워, 더러워, 더러워어어!"

리프는 그 끔찍하고 끈적끈적한 콧물을 미친 듯이 손으로 파서 숨구멍을 내며 비명을 질렀다.

다음 순간 동굴이 폭발할 듯 울렸는데, 이번에는 걷잡을 수 없는 웃음소리 때문이었다.

"하하하하하하하!"

알렉시스의 웃음보가 터졌다.

"호오오오호호호오오오오호호호."

셴이 배꼽을 잡았다.

– 파아아아파아아아아아아아앗!

유메가 기뻐하며 코로 나팔을 불었다. 이 바쿠도 두 사람과 함께 즐거워하고 있었다. 셴이 너무 웃다가 눈에 맺힌 눈물을 닦았다.

"오! 이제 코가 확 뚫렸겠구나! 하하하하하하! 이제 저 케니트는 **정말로** 목욕을 해야겠네!"

알렉시스도 눈물을 닦으며 축하하는 의미로 녹색 끈적이가 묻은 부분을 피해서 리프의 등을 두드려 주었다. 그런 다음에 빈 플라스틱 통을 리프에게 건넸다.

"축하해, 리프! 이제 남은 두 번째 재료 중 하나를 네가 손에 넣었구나! 브라보!"

알렉시스는 리프의 얼굴을 가리켰다. 리프의 얼굴을 덮은 콧물 속에서 유메의 코털 몇 가닥이 헤엄치고 있었다.

"이제 그거 통에 좀 담아 줄래?"

재료

❈ 주문 건 자의 눈에서 나온 후회의 소금 (7그램) 윽!

❈ 쿵열 낭아 벌의 벌젖 (1/2 컵)

❈ 카루다의 둥지 조각 (1줌)　　} 휘파람 수풀

❈ 두음의 땀 (3방울) ← 페라후섬

❈ 피해자가 좋아하는 맛 (1차밤)

❈ 피해자가 사랑하는 향 (1겹)　　} ??

❈ 봄에 처음 피는 꽃의 신선한 감로 (1송이)

❈ 바쿠 코털 (3가닥)　　} 우종섬

24. 다섯 가지 불의 시험

리프를 놀리며 실컷 웃고 나서 셴은 리프에게 나무 양동이로 물을 떠서 머리에 묻은 끈끈한 콧물을 씻어 내도 좋다고 허락했다.

"분명히 말하지만 물을 떠서 씻는 거다. 온천 안에 뛰어들지 않기다. 그리고 속옷 빨래도 안 돼!"

몸을 다 씻고 나서 리프는 다시 두 사람이 있는 곳으로 돌아왔다.

"아아아…. 다시 깨끗해지니까 좋군."

리프가 기뻐했다. 알렉시스가 코웃음을 쳤다.

"이렇게 헤야 네가 안전히 깨끗해질까? 넌 항상 쉰내 나는 헛소리만 하는데!"

리프가 반박하기 전에 셴이 손가락을 들어서 리프의 입을 막았다.

"쉿! 유메를 깨우지 마!"

유메는 깊은 잠에 빠져 있었다. 셴이 둘에게 따라오라고 손짓했다. 이제 뻥 뚫린 코를 평화롭게 골고 있는 유메 옆으로 그들은 까치발을 들고 조심조심 돌아서 나갔다.

"벌젖 먹고 기운 차리려고 낮잠을 자는 거야."

셴이 속삭였다.

"좀 있으면 다시 깰 거고, 그때쯤엔 새로 태어난 것처럼 건강해져 있을 거다. 그동안은 이리 와 봐."

셴이 둘을 동굴 반대쪽으로 데려갔다. 그곳에는 마치 동굴 벽에 조각품을 새겨 놓은 것처럼 화려한 세 개의 입구가 있었다. 산속으로 더욱 깊이 파고드는 터널 문이었다.

"왼쪽은 바쿠들이 사는 곳으로 들어가는 문이고, 오른쪽은 내 집이야."

셴이 중간 입구를 가리켰다.

"우리는 저기로 간다."

그리고 셴은 알렉시스를 정면으로 바라보았다.

"하지만 그 전에 너의 반딧불이 병을 문 옆에 놓아두면 좋겠다. 저 안에 아주 예민한 새 씨앗들이 자라나고 있거든. 빛이 너무 강하면 씨앗들이 잘 자라지 못해. 그리고 그러면… 나도 화가 나겠지."

알렉시스는 그 말대로 병을 놓아두고 셴을 따라 통로로 들어갔다. 터널은 위쪽으로 경사져 있었고 자갈이 깔린 바닥은 곧 돌계단으로 변해 앞으로, 위쪽으로 이어졌다. 통로 끝에는 천장이 높은 커다란 동굴이 또 하나 있었다.

돌계단은 차츰 바닥에서 옆으로 이어져서 동굴 벽 양옆을 두른 나선 계단이 되어 위로 위로 빙글빙글 올라가다가 아주 높은 2층 다락방 같은 평평한 공간에 도달했다. 난간에는 빛나는 횃불이 늘어서 있어서 동굴 안쪽은 마치 화려한 나선형 샹들리에의 안쪽 같은 느낌이었다.

천장 가까운 곳에는 ―평평한 다락방 바닥보다 조금 더 위쪽이었다― 구멍이 나 있어서 바깥의 안개 가득한 밤하늘을 내다볼 수 있었다.

"쳇, 난 유메가 옆에 있으면 더 이상 기어 올라갈 일은 없을 줄 알았다고!"

리프가 헐떡거리면서 계단을 올라오며 혼잣말로 투덜거렸다. 알렉시스가 팔꿈치로 리프의 배를 찔렀다.

"쉿! 무례하게 굴지 마. 안 그리면 셴이 생각을 바꿔 우리를 안 도와줄지도 몰라!"

마침내 계단이 끝났다. 그들은 평평한 다락방에 닿았다! 처음으로 바깥을 내다보면서 알렉시스의 얼굴에 미소가 번졌다. 조그만 숲이 앞에 펼쳐져 있었다. 갖가지 채소, 과일, 나물과 버섯들.

'할아버지가 여기 계셨으면 아주 좋아하셨을 거야!'

몇 걸음 떨어진 곳에는 조그만 나무 장작불 위에 거품을 내며 끓는 검은 무쇠 냄비가 있었다. 냄비 손잡이에는 나무 국자가 걸려 있었다. 알렉시스의 코에 달콤한 향기가 흘러 들어왔다. 배가 꾸루룩거렸다. 알렉시스는 마지막으로 음식을 먹은 지 한참이 지났다는 사실을 깨달았다.

"나의 정원 겸 부엌에 온 걸 환영한다."

셴이 장엄하게 한 팔을 펼치고 연극하듯이 인사했다.

"여기는 내가 식량을 키워서 요리하는 곳이다. 조금만 기다리면 나의 채소 스튜를 맛보는 특별한 영광을 주지. 좀 더 끓게 돼야 해. 내 스튜는 이 섬에서 최고란다, 내 말 믿어!"

"그거야 여기가 이 섬에 단 하나 있는 부엌이니까 그렇겠지!"

리프가 알렉시스에게 밉살맞게 이죽거렸다. 다행히도 셴은 리프의 말을 들은 것 같지 않았다.

셴은 위쪽의 구멍을 가리켰다.

"내 천장 창문 보여? 산꼭대기가 여기서 멀지 않아. 유메가 깨어나면 너희를 태우고 저쪽으로 날아가서 네 할머니를 구출하고 그런 다음에는 루이킹 꽃을 가지러 가게 해 줄 거다. 하지만 우선…."

셴은 둘을 쳐다보았다.

"하지만 우선."

셴이 다시 한번 말하고는 팔짱을 끼고 깊게 울리는 목소리로 엄숙하게 선언했다.

"너희는 반드시… **다섯 가지 불의 시험**을 통과해야 한다!"

그의 말이 동굴 안에 불길하게 울려 퍼지고 메아리쳤다.

"시험…! 시험! 시험! 불…! 불…! 불!"

셴은 그런 뒤에 웃기 시작했다.

"히히히. 저렇게 극적으로 울려 퍼지는 거 너무 좋아, 안 그래? 나 연습했다고!"

"시험? 무슨 시험? 이건 완전 뜬금없는데!"

리프는 소스라치게 당황했고 알렉시스도 이 시점에서 전혀 농담할 기분이 아니었다.

"잠깐만요, 무슨 말씀이세요?"

알렉시스기 외쳤다.

"유메의 병을 고쳐 주면 그 대가로 산꼭대기까지 데려다주 겠다고 이미 약속하셨잖아요?"

"자, 자, 말조심해, 말조심! 독감이 나으면 유메가 너희를 도 와주려 할 거라고 말한 적은 있지만, 내가 그렇게 허락해 주 겠다고 한 적은 없어! 그리고 도와주기 전에 아무런 시험도 없을 거라고 말한 적도 없다! 미안하지만 규칙은 규칙이니까 깰 수 없어."

"규칙이요? 무슨 규칙이요? 누구 규칙인데요?"

알렉시스는 화가 나서 귓불이 뜨거워지는 것을 느낄 수 있 었다.

"내 규칙이다."

이것이 셴의 대답이었다. 알렉시스는 자기 이마를 쳤다. 리 프는 격분해서 경멸에 찬 목소리로 외쳤다.

"뭐라고요? 당신이 만든 규칙이면 당신이 어겨도 된다는 뜻이잖아!"

셴은 혀 차는 소리를 냈다.

"쯧쯧쯧. 불편하다고 매번 규칙을 어기면 애초에 규칙을 정 하는 의미가 없잖아?"

리프가 양팔을 펼쳤다.

"그러니까요! 내 말이! 애초에 그런 바보 같은 규칙을 정한 의미가 도대체 뭐냐고요?"

"바보 같다고, 응? 규칙이 없으면 사는 게 엉망이 돼! 네 버릇없는 행동거지나 누덕누덕한 옷처럼 말이다!"

이 말에 리프는 더더욱 흥분했다.

"아니, 내 패션 센스를 놀리지 말라고요. 하, 당신의 그 바보 같은 턱수염은 어떻고! 그거야말로 엉망진창이구만!"

셴은 충격을 받았다.

"쯧쯧! 하다 하다 이제는 사람 외모를 공격하겠다는 거냐, 그래? 그건 정말 형편없군. 너 같은 막돼먹은 놈치고도!"

"하지만… 하지만…. 당신이야말로 정말…."

더 이상 할 말을 찾지 못하고 리프는 다시 한번 믿을 수 없다는 듯 양팔을 펼치고 알렉시스를 쳐다보았다.

"저 사람 산의 노인 맞아? 아니, 내 생각엔 산의 사기꾼 같은데! 하는 말마다 헛소리잖아!"

"버릇없이!"

셴이 고함쳤다.

"게다가 내 채소 스튜를 모욕하고 그런 말까지 하다니! 어흠흠! 자꾸 이러면 너희 둘을 더 이상 도와주지 않을 생각도 있다!"

알렉시스는 양손으로 머리를 감쌌다.

'이건 잘 되어 가지 않는데. 이 고집쟁이 괴짜 노인네는 우리가 합리적으로 협상하려고 하면 할수록 점점 더 비합리적으로 되어 가는 것 같아! 아, 할아버지, 할아버지, 저는 어떻게 해야 돼요?'

마치 할아버지가 멀리서 그 말을 듣기라도 한듯, 예전에 할아버지와 했던 대화 속의 말들이 알렉시스의 마음속에 떠올랐다.

'새싹아, 가끔은 누군가의 마음을 움직이는 최선의 방법은 밀어붙이는 게 아니라 상대방의 손을 잡고 같이 걸어가는 거야.'

알렉시스는 숨을 참았다가 천천히 내쉬었다.

'으으. 한번 해 볼게요, 할아버지.'

"괜찮아, 진정해 리프, 숨 쉬고."

알렉시스는 리프의 어깨에 손을 얹고 부드럽게 등을 두드리면서 자기 스스로도 치솟는 울화를 가라앉히려 애썼다.

"우리에겐 셴이 필요해. 하자는 대로 해야 돼."

알렉시스가 속삭였다. 그리고 주먹을 꽉 쥔 채 입술을 깨물고 노인을 향해 돌아섰다.

"정말 죄송합니다, 수호자 선생님. 저희의 언행에 대해 사과 드릴 테니 선생님도 저희가 충격받아 막말한 것을 용서해 주시면 좋겠어요."

'다시 심호흡을 하고.'

"방금 하신 말씀이 저희한테는 어… 예상 밖이었다는 걸 이해해 주시면 좋겠습니다."

알렉시스는 말을 잠시 멈추었다.

"저 그러면, 그 다섯 가지 시험이 무엇이고 어떻게 해야 통과할 수 있는지 설명해 주실 수 있을까요?"

셴의 목소리가 부드러워졌다.

"아 드디어, 올바른 예의범절을 따르는구나! 너희 둘 중 하나만 가정 교육을 제대로 받았다는 게 분명해지는군!"

셴은 주먹에 대고 기침한 뒤에 말을 이었다.

"좋다, 아이야. 내가 까다롭게 군다고 생각할지 모르겠지만 나는 수호자로서 수행해야 할 의무가 있다. 봄의 첫 번째 꽃은 대단히 희귀하고 마술적이고 연약하다. 여기 들어오는 자누구나 산에 올라가서 그 꽃을 따다 국을 끓여도 좋다고 허락할 수는 없지, 안 그래?"

알렉시스는 어깨를 움츠렸다.

"그… 저."

알렉시스는 이를 악문 채로 힘겹게 침을 꿀꺽 삼키고 말을 이었다.

"네, 그러실 수는 없겠죠, 선생님."

"내 말에 동의해 줘서 기쁘구나. 자, 걱정 마라, 아이야."

셴은 다시 극적으로 목소리를 높였다.

"다섯 가지 불의 시험이란…."

셴이 내뱉은 '불, 불, 불'이라는 단어가 동굴 안에 다시 한 번 메아리쳤다.

"실제로는 완전히 안전하단다. 생명을 위협하거나 사지가 잘릴 수 있다거나 머리카락이 빠질 만한 일은 하나도 없어. 용의 불길 속으로 뛰어든다거나, 그보다 더 힘들게 바쿠 똥을 먹어야 하는 무리한 일도 없고!"

셴은 킥킥 웃었다.

"그 시험이란 그냥 다섯 개의 수수께끼일 뿐이야. '불'이라는 이름은 그저 극적인 효과를 위해서 붙인 거야. 내가 그냥 너한테 질문을 연달아 던지는 것뿐이란다."

리프가 흥분을 감추지 못하고 펄쩍펄쩍 뛰었다.

"오오오! 오오오! 나 수수께끼 잘해! 나 이거 할 수 있어! 테멩 왕의 광대로 일할 때 언제나 수수께끼를 만들었다고!"

'휴.'

알렉시스는 커다란 안도의 한숨을 내쉬었다.

'좋아, 이것보다 훨씬 훨씬 더 나빴을 수도 있겠지.'

션이 리프를 향해 낄낄 웃었다.

"아, 이제 알겠다. 넌 프로 바보였구나! 그러면 이제는 실업자 멍청이란 뜻이군! 그래 좋다, 네가 얼마나 잘하는지 한번 보자!"

션이 다시 헛기침을 했다.

"내 말을 잘 듣고 마음에 새겨라. 한 문제당 기회는 두 번뿐이다. 어떠한 수수께끼라도 두 번 틀리면, 미안하지만 게임 오버다. 알겠나?"

'기회가 두 번뿐이라고? 하아.'

리프와 알렉시스는 함께 고개를 끄덕였다.

"좋다. 첫 번째 문제다. 내려오지만 절대 터 오지 않는 것은 무엇이며, 터 오지만 절대 내려오지 않는 것은 무엇인가?"

알렉시스가 질문을 마음속에서 되풀이하고 있을 때 리프가 끼어들었다.

"오오! 알아, 나 알아! 이거 쉽다! 밤과 낮이야. 밤은 어둠이 내려오고 낮이 되려면 동이 터야 하니까!"

"어흠흠! 운 좋게 맞혔구나. 좋다. 다섯 개 중에서 하나는 합격이다."

알렉시스는 허공에 주먹을 내질렀다.

'아자!'

"잘했어, 리프!"

알렉시스는 리프의 등을 퍽퍽 쳤고 리프는 그 기세에 몇 미터나 앞으로 밀려갔다. 셴이 얼굴을 찡그렸다.

"다음 질문이다. 너무나 놀랍도록 연약하고 부서지기 쉬워서 이름을 말하기만 해도 깨지는 것은 무엇이냐?"

리프와 알렉시스는 서로 쳐다보았다. 알렉시스는 머리를 긁적거렸다.

'티슈? 아냐. 그럴 리가 없어, 화장지를 찢으려면 불어야 해. 흠… 코를 풀면서 아주 큰 소리로, 티슈우! 하고 외치면 어떨까?'

알렉시스가 막 용기를 내어 자기 생각을 말하려고 했을 때 리프가 다시 한번 참지 못하고 소리쳤다.

"알렉시스, 이건 네가 알지! 네가 아피냐를 이기고 타사니 구한 방법이니까!"

'응? 갈대 피리 말이야?'

리프가 셴을 쳐다보았다.

"정답은…."

그리고 리프는 그대로 멈추고 몇 초 동안 조용히 있다가 말했다.

"**침묵**이다! 자! 봐, '침묵'이라는 이름을 말해서 침묵을 깨

버렸지!"

셴은 낙담한 것 같았다.

"이런. 그래. 맞다…."

셴이 지팡이로 땅을 두드렸다. 알렉시스는 리프와 하이 파이브를 했다.

"만세! 브라보 리프! 두 개 맞혔다! 거의 절반 왔어!"

셴이 손가락 관절을 꺾었다.

"어쨌든 앞에 나오는 문제들이 쉽지, 그냥 준비 운동일 뿐이니까. 다음 문제들도 통과하는지 한번 두고 보자. 세 번째 문제다. 언제나 바닥에 있고 항상 밟히지만 절대로 더러워지지 않는 건 뭐지?"

알렉시스와 리프는 다시 서로 쳐다보았다.

"흠…. 웅덩이?"

알렉시스가 리프에게 물었다. 리프가 얼굴을 찡그렸다.

"어, 사절할래. 난 웅덩이 물은 마시지 않아. 밟기 전에 네가 발을 씻었다고 해도 말이야."

"틀렸다! 이 문제를 한 번 더 맞혀 볼 수 있지만 그래도 틀리면 게임 오버야!"

셴이 기쁨에 차서 고함쳤다. 알렉시스는 깜짝 놀랐다.

"뭐라고요? **안 돼요!** 제발요, 수호자 선생님, 전 그냥 리프하고 의논한 것뿐이에요. 문제에 정식으로 대답한 게 아니라고요!"

셴이 고개를 저었다.

"미안하다. 안됐구나. 다음에는 리프의 귀에 대고 속삭여라."

알렉시스는 무기력하게 리프를 바라보았다.

"난 수수께끼 진짜 못해. 네 생각은 어때, 리프? 네가 잘하잖아."

"아이고, 그래 고맙다! 흐으음 그래, 고체일 수는 없어, 만질 수 있는 건 뭐든 더러워질 수가 있으니까. 손으로 만질 수 있으면 때도 탈 수 있지. 그러니까 액체도 답이 될 수는 없어. 웅덩이가 답이 아니니까…."

셴이 소리쳤다.

"방금 두 번째 답을 속삭이는 걸 내가 들은 거냐? 건방진 케니트한테 마음대로 속삭여도 된다고 허락한 적 없다, 알겠나?"

리프가 혼잣말로 뭔가 조용히 속삭였는데, 분명히 좋은 말은 아니었다.

"기체일까? 공기?"

알렉시스가 양손을 모아 셴에게 들리지 않게 입을 단단히 가리고 속삭였다.

"어… 어쩌면… 그럴지도… 아니면 아닐지도, 아닌 것 같아. 그게 대답이라면 너무 간단한데."

그리고 리프는 고개를 저었다.

"그래, 아니 그러니까, 아냐. 그게 정답일 리가 없어. 예를 들어 두융이 방귀열매 가스 냄새가 깨끗하고 신선했다고 말할 리는 없으니까. 그래, 공기는 오염될 수 있어."

셴이 지팡이로 초조하게 땅을 두드렸다.

"세상에, 기다리다가 잠들어 버리겠군!"

셴은 가짜로 하품을 했다.

"슬슬 포기할 마음이 드냐? 힌트를 몇 개 줄 수도 있는데…. 예의 바르게 부탁하면 생각해 보겠다."

"하! 필요 없슈!"

리프가 쏘아붙였다.

"나 생각 좀 하게 조용히 해요!"

알렉시스의 심장이 덜컹 내려앉았다. 나서서 어떻게 수습을 하기도 전에 알렉시스가 두려워했던 대로 셴이 천둥 같은 목소리로 반박했다.

"오오오! 그건 예의 바르게 부탁하는 것의 정반대인데, 안 그러냐? 좋아, 절대로 힌트를 주지 않겠다. 그리고 이제부터 끝까지 너희들한테는 딱 두 번의 기회만 주겠다. 남은 문제

세 개를 다 합쳐서 두 번 틀리게 대답하면 너희끼리 알아서 해야 한다!"

알렉시스는 거의 울음을 터뜨릴 뻔했다.

"아악! 리프! 내가 진정하라고 했잖아! 셴을 화나게 하면 상황이 나빠진단 말이야! 산의 노인에게 미움받으면 도움을 받을 수 없다고! 할아버지가 항상 말씀하시던 대로 좋은 말을 할 수 없으면 그냥 아무 말도 하지 마!"

"하! 내가 있는데 도움이 왜 필요해!"

리프는 반항적인 미소를 지으며 셴을 바라보았다.

"두 번의 기회면 나한텐 충분하고도 남아! 자, 두고 봐요!"

리프는 뛰어올라 양발로 땅을 세게 두드렸다.

"자! 여기 내 걸 밟았지만 여전히 아주 깨끗하지! 정답은⋯ 그림자다!"

셴이 못마땅하다는 듯 눈을 가늘게 뜨고 리프를 보았다.

"또 운 좋게 맞혔군. 세 개 통과했으니 질문이 두 개 남았다. 그리고 네가 두 번의 기회면 충분하고도 남는다고 했으니까 이제부터 너희들한테는 한 번만 기회를 주겠다."

셴은 지팡이로 알렉시스를 똑바로 가리켰다.

"그리고 지금부터는 네가, 너 혼자서만 수수께끼에 대답을 할 수 있다. 이 조그만 케니트는 여기 서서 그 조그맣고 시끄러운 입을 닥치고 있어야 한다."

셴이 지팡이로 땅을 세게 내려치자 갑자기 굵은 밧줄이 나타나 리프의 턱을 감싸서 말을 할 수 없게 조여 버렸고, 다른 밧줄이 나타나 리프의 두 팔을 등 뒤에서 묶었다.

알렉시스가 완전히 공포에 질려 바라보는 사이에 리프는 눈을 휘둥그렇게 뜨고 숨죽인 신음밖에 낼 수 없게 되었다.

25. 정답

아주 오랜만에 알렉시스는 또다시 리프의 목을 조르고 싶은 강렬한 충동을 느꼈다.

'아놔! 리프가 또 쓸데없이 떠들어서!'

셴이 큰 소리로 숨을 내쉬었다.

"아아아! 평화와 고요의 신선하고 깨끗한 냄새라니!"

그는 의기양양한 미소를 띠고 돌아서서 알렉시스를 쳐다보았다.

"그래 좋다. 어디까지 했지? 아 그렇지, 마지막 시험 두 개가 남았지."

알렉시스는 무릎을 꿇고 눈물을 글썽이며 간절한 목소리

로 호소했다.

"제발 부탁입니다. 수호자 선생님, 제발 리프를 풀어 주시면 안 될까요? 리프가 예의 없었던 건 제가 진심으로 사과드립니다. 제발, 제발요, 선생님. 저희 할아버지를 위해서 시험을 그냥 통과시켜 주시거나 아니면 최소한 다시 기회라도 주시면 안 될까요? 그 꽃이 없으면 저는 할아버지를 영원히 잃게 돼요."

셴은 알렉시스를 처다보며 생각에 잠겨 풍성한 턱수염을 잡아당겼다.

"흠, 예의 바른 조그만 공주님. 너는 내 마음에 드니까 도와줄 생각이 있다. 하지만 불행히도 규칙은 규칙이니 어겨서는 안 되겠지."

셴은 깊이 고민했다.

"흠, 이렇게 하자. 네게 다시 기회를 줄 수도 없고 저 불쾌한 케니트를 풀어 줄 생각도 없지만 너의 보상은 더 크게 해주마. 남은 시험을 네가 통과하면 유메가 네 할머니를 구조하고 꽃을 따 오는 걸 도와줄 뿐만 아니라 내가 거기에 더해서 두 가지 부탁을 더 들어주겠다."

그는 설명했다.

"이 두 가지 부탁에는 물론 조건이 있다. 첫째로, 마법에 저

항하는 방어벽을 풀어 달라는 부탁은 할 수 없다. 그건 들어 줄 수 없어."

그리고 셴은 덧붙였다.

"또한, 확실히 말하는데, 이 부탁들은 물론 너만 할 수 있 는 것이다. 저 버릇없는 조그만 괴물은 말고!"

리프가 입을 묶은 밧줄 아래서 씩씩거렸다. 알렉시스는 숨 을 제대로 쉴 수 없었다.

'난 끝났어! 리프 없이는 할 수 없어! 수수께끼에 정답을 말할 수 있는 건 리프뿐인데! 난 못 한다고! 아아 안 돼, 안 돼, 안 돼…'

셴은 알렉시스의 등을 부드럽게 두드렸다.

"걱정하지 마라, 아이야. 너 자신을 믿어. 네가 할 수 있다 는 걸 내가 안다. 응원하는 의미에서 좋은 소식을 알려 주 지."

어깨를 축 늘어뜨린 채 알렉시스는 고개를 살짝 들어 노인 을 보았다.

'아, 안 돼. 이젠 또 뭐지? 더 이상은 놀라고 싶지 않아.'

"좋은 소식이란, 네가 벌써 네 번째 시험을 통과했다는 거 다! 축하한다!"

알렉시스는 깜짝 놀랐다.

"아."

할 수 있는 말은 이것뿐이었다.

"대체 네가 뭘 한 것이고 네 번째 시험이 도대체 뭐였다는 건지 궁금하겠지? 자, 진짜 도전 과제는 화내지 않고 네 번째 수수께끼를 통과하는 것이었다. 기쁘게도 너는 높은 점수를 받고 합격한 셈이지!"

알렉시스는 키다란 안도의 한숨을 내쉬었다.

'좋아, 이런 일이라면 놀라도 괜찮아.'

셴은 밧줄에 묶여 아무 말도 못 하는 리프를 가리켰다.

"말할 필요도 없이 저놈은 불합격이야. 이제 마지막 다섯 번째 수수께끼만 풀면 된다."

셴이 다시 자기 턱수염을 쓰다듬었다.

"이렇게 하자. 너는 예의 바르고 나도 아주 좋은 사람이니까, 마지막 도전 과제로 두 가지 수수께끼 중에서 네가 선택하게 해 주겠다. 너의 마지막 도전 과제가 무엇이 될지는 너한테 달렸다."

알렉시스는 앞으로 달려나가 열심히 셴의 손을 잡고 흔들었다.

"저어어어엉말 감사합니다. 수호자이신 셴 선생님! 어떤 도움이라도 주시면 진심으로 감시히 받아들이겠어요. 전 수수께끼를 너무 못하거든요."

"아아! 내 마음을 녹이는구나. 알았다, 알았어. 이러다가 내가 직접 정답을 알려 줄지도 모르니 여기서 경고하자면 너에게 남은 기회는 한 번뿐이다. 그러니까 수수께끼 하나를 틀렸다고 다른 하나를 또 선택할 수는 없다."

긴장.

"두 가지 선택지 중에서 첫 번째 수수께끼를 내겠다. 네가 시작 신호를 보내면 내가 동굴 벽의 귀뚜라미들을 소환해서 다시 한숨을 쉬도록 할 것이다. 너의 임무는, 네가 받아들이기로 한다면, 귀뚜라미들의 한숨 소리보다 먼저 이 동굴을 꽉 채울 방법을 찾아내는 것이다. 어떠냐, 쉽지?"

알렉시스는 이 수수께끼에 대해서 여러 가지 감상을 떠올렸지만, '쉽다'는 머릿속에 떠오른 생각이 아니었다.

"어떤 신호를 드려야 할까요?"

"흠, 손뼉을 쳐도 좋겠지. 아하! 꼼수를 쓸까 봐 하는 말인데, 그 손뼉 소리는 대답에 포함되지 않아! 사실 어떤 소리도… 어떤 마법도 허락할 수 없다!"

'내가 마법을 쓸 줄 알았다고 해도 이 섬에서는 작동을 안할 거야! 그러면 뭐가 작용할까? 생각해! 생각해라!'

알렉시스는 할 수 있는 한 머리를 쥐어짰다.

'소리보다 빠른 게 뭐가 있지? 아 그렇지! 빛이다!'

기뻐하기 전에 알렉시스는 현실을 깨달았다.

'하지만 내 손전등은 죽었고 저 교활한 노인네가 동굴 앞에 반딧불이를 두고 오게 했잖아!'

알렉시스는 풀이 죽었다.

'이 수수께끼야말로 꼼수야! 아놔아아!'

알렉시스는 절박하게 셴을 쳐다보았다.

"어… 두 번째 수수께끼가 뭔지 여쭤 봐도 될까요?"

"물론이지! 잘 봐라."

셴은 오른손으로 지팡이를 잡고 허공으로 들어 올린 뒤에 처음에는 왼쪽, 그다음에는 오른쪽으로 화려하게 휘둘렀고 그런 뒤에 자기 발 앞에 지팡이를 내려찍었다.

그리고 셴은 마치 거대한 그림을 그려 내는 붓처럼 지팡이를 양손으로 잡고 움직이는 모래에 어떤 모양들을 획획 그리기 시작했다.

알렉시스는 눈앞에 나타나는 직선과 곡선에 자기도 모르게 홀려서 넋을 잃고 바라보았다.

서로 맞서는 두 마리 짐승의 모습이 자갈과 모래 속에 차츰 선명하게 드러났다. 갑자기 셴은 하던 것을 멈추고 지팡이를 다시 자기 옆에 두었다.

그러자 놀라운 일이 벌어졌다. 모래에 그려진 형상이 갑자기 몸부림치더니 넋이 나간 알렉시스의 눈앞에서 움직이기 시작한 것이다. 마치 짐승들이 살아나서 서로 목을 물어뜯으려고 덤비는 것만 같았다!

'우아!'

"네 앞에, 그리고 모든 사람의 마음속에는 두 마리 늑대가 있어 평생 끊임없이 치열한 싸움을 벌인다. 한 마리는 안개로 만들어져 모든 선한 것을 대표한다. 꿈, 희망, 사랑, 친절, 참을성, 관대함 등등이지. 다른 한 마리는 연기와 그림자에서 태어난 그 반대쪽 쌍둥이다. 악몽, 실망, 증오, 성급함, 이기심 같은 것을 대표하지. 그러면…."

셴이 한쪽 눈썹을 치켜올리고 알렉시스를 바라보았다.

"네 생각에는 어느 쪽 늑대가 싸움에서 이길 것 같냐?"

알렉시스의 마음이 부풀어 올랐다.

'나 이거 알아! 이거 미국 원주민 민담이야. 할아버지가 나한테 제일 처음 해 주신 이야기였어!'

"대답을 말씀드리겠습니다, 수호자 선생님! 사람이 먹이를 주기로 선택한 쪽 늑대가 싸움에 이깁니다!"

셴이 알렉시스에게 미소를 지었다.

"봤지? 네가 생각하는 것보다 훨씬 잘한다고 내가 말하지 않았냐! 그래, 네가 먹이를 주는 쪽, 혹은 먹이를 더 많이 주는 쪽 늑대가 승리할 것이다."

알렉시스가 기쁨에 차서 뛰어오르기 전에 셴이 말을 덧붙였다.

"하지만…"

바다낭떠러지 아래로 떨어져 버린 리프의 장작 가방처럼, 알렉시스의 심장이 마음속 낭떠러지로 쿵 떨어졌다.

"불행히도 그건 내 수수께끼가 아니다. 진짜 질문은 이거다. 너는 정확히 어느 쪽에 먹이를 주겠느냐? 여기 보듯이 난 아직 늑대에 색을 칠하지 않았거든."

알렉시스의 피가 끓어올랐다.

'이건 끝이 없어! 내가 절대 이길 수 없도록 말이 계속 바뀌잖아!'

셴은 허리를 굽혀 무쇠 냄비 옆에 걸어 둔 나무 국자를 집었다. 그리고 부글부글 끓는 채소 스튜 안에 국자를 담가 국물을 조금 떠냈다. 셴은 모래 위에 그린 그림 위로 국자를 가져가서 처음에는 왼쪽으로, 그리고 오른쪽으로 국자를 흔들었다.

"자, 이것이 수수께끼다. '어느 쪽 늑대가 안개로 만들어졌으며, 어느 쪽 늑대가 연기와 그림자인가? 너는 어느 쪽 늑대에게 색을 입힐 것인가? 나는 어느 쪽 늑대에게 먹이를 줄 것인가?'"

셴의 시선이 불쌍한 알렉시스에게 향했다.

"이제 선택은 너에게 달려 있다. 너는 두 가지 질문을 모두 들었다. 어느 쪽에 대답하겠느냐? 기억해라, 기회는 딱 한 번만 남아 있다. 정답을 맞히거나, 아니면 틀리거나."

다리가 후들후들 떨려서 알렉시스는 모래 위에 배낭을 내려놓고 그 옆에 앉았다.

'두 개의 불가능한 질문 사이에서 선택하고, 단 한 번의 시도로 정답을 맞히라니. 그리고 내가 정답을 맞힌다고 해도 규칙이 또 변하지 않을지 어떻게 알아?'

알렉시스는 땀에 젖은 차가운 손바닥에 얼굴을 묻었다.

'하지만 내가 어떻게 할 수 있겠어? 대체 어떤 선택지가 남아 있지?'

알렉시스는 다시 집중하려 애썼다.

'마법 없이 어떻게 공간을 채우지? 흠, 셴은 내가 마법을 쓰면 안 된다고 했지. 하지만 리프는 괜찮은가? 아악, 하지만 리프는 아직도 묶여 있잖아! 게다가 맞아, 잊어버렸네. 이 섬에서는 어차피 마법이 작동하지 않아!'

알렉시스는 고개를 들어 여전히 모래 위에서 송곳니를 드러내고 서로 으르렁거리는 늑대들을 멍하니 바라보았다.

'왼쪽 늑대일까, 오른쪽 늑대일까? 바보 같아. 이건 아예 수수께끼가 아니잖아. 이건 도박 같아. 그냥 아무렇게나 주사위를 굴리는 거야. 두 개의 폭포 중에서 어느 쪽으로 뛰어들지 선택하는 것처럼.'

알렉시스는 배낭을 풀어 절박하게 안을 들여다보며 뭔가 기적을 일으키거나 최소한 실마리라도 줄 수 있는 게 없을지 찾아 보았다.

'도박이든지, 아니면 처음부터 판이 짜여 있는 거야. 내가 오른쪽 늑대가 착한 쪽이라고 하면 저 교활한 노인은 **아니,** 왼쪽 늑대가 착하다고 하면 되니까!'

알렉시스는 계속 배낭을 뒤졌지만 그러는 동안 여러 가지 생각들이 머릿속에서 흘러넘쳐 연기를 내며 끓어올랐다.

'이건 절망적이야! 절망적이라고!'

그때 알렉시스는 무언가를 떠올렸다. 한 줄기 번갯불이 알렉시스의 머릿속 연기구름을 뚫고 번득였다.

'여기서 포기할 수 없다면 이기는 수밖에 없어.'

떨리는 손가락 안에 영감을 준 물건을 단단히 쥐고 알렉시스는 일어섰다. 두려움에 떠는 대신 알렉시스는 이제 목적의식을 가지고 마음을 다잡았다.

"수호자 선생님, 제가 정답을 맞힐 기회는 단 한 번뿐입니다. 그리고 저는 마지막 도전 과제로 두 가지 질문 중에서 하나를 선택할 수 있습니다. 맞지요?"

"네 말이 맞다."

"그러면 저는 결정을 내렸습니다. 저는 두 가지 질문에 동시에 대답하겠습니다."

셴의 이마 위로 눈썹이 치켜 올라갔다.

"오오! 이건 예상하지 못한 전개인데! 확실하냐, 아이야?"

"네. 그렇게 하면 두 질문 중에서 최소한 하나는 정답을 맞힐 확률이 더 올라가니까요."

셴은 턱수염을 쓰다듬었다.

"하지만 그러면 다른 한쪽 질문에는 틀린 대답을 내놓을 수도 있으니 너는 단 한 번의 기회를 틀린 대답에 써 버리는 셈이 되지!"

알렉시스는 이를 악물었다.

"수호자 선생님, 선생님이 말씀하신 다섯 가지 불의 시험을 통과하려면 다섯 개의 질문에 올바르게 대답하면 되는 것이지요, 제 말이 맞나요?"

"그래."

"네 개는 대답했고 이제 마지막 다섯 번째 질문만 남아 있습니다, 맞지요?"

"맞다."

"선생님이 저에게 두 가지 선택지를 주셨고 제가 그중에서 마지막 다섯 번째 질문을 택할 수 있다고 하셨지요, 그렇지 않나요?"

셴이 눈을 가늘게 떴다.

"그래, 그 말이 맞다."

"그렇다면 제가 두 질문 중에서 하나만 올바르게 대답한다고 해도 선생님의 조건을 모두 만족시킨 것이 됩니다. 마지막 질문 하나에 정답을 내놓았으니까요. 불의 시험은 다섯 가지입니다. 여섯 개가 아니에요."

셴은 계속해서 턱수염만 잡아당겼다. 알렉시스는 당차게 밀어붙였다.

"게다가 저는 두 개의 질문에 동시에 대답하는 쪽을 선택했습니다. 하지만 저는 어느 질문이 다섯 번째 시험이 될 것인지 아직 선택하지 않았습니다. 제가 선택하는 다섯 번째 시험 질문은 제가 올바르게 답변한 질문이 될 것입니다."

알렉시스는 이를 악문 채로 주먹을 꽉 쥐고 셴을 똑바로 쳐다보았다.

"다른 한쪽 질문에 대한 저의 대답이 틀렸더라도, 죄송함니다만 선생님께서는 그 때문에 제가 틀렸다고 하실 수 없는 것입니다. 왜냐하면 저는 그 질문을 선택하지 않았으니까요."

"골치 아프군."

셴이 손뼉을 쳤다.

"하지만 네 투지는 마음에 든다. 그래, 네가 이겼다. 이건 허락해 주마. 두 질문 중에서 하나만 올바르게 대답하면 두 가지 추가 부탁까지 합해서 내가 약속한 걸 전부 해 주마."

알렉시스는 커다란 안도의 한숨을 쉬었다.

"정말 감사합니다, 수호자 선생님."

"질문 두 개 다 틀리지만 마라."

"네, 수호자 선생님."

"아이야, 나를 셴이라고 불러도 좋다."

알렉시스는 지친 미소를 떠올린 뒤 눈을 감고 생각을 정리하고 흩어진 숨을 가다듬었다.

여전히 눈을 꼭 감은 채로 알렉시스는 말을 했다.

"셴 선생님, 먼저 저의 할아버지가 저에게 해 주신 인도 전설을 말씀드리고 싶습니다."

알렉시스의 입에서 이야기가 흘러나오기 시작했다. 기억이 너무나 생생하게 떠올라 알렉시스는 마치 할아버지가 직접 옆에 서서 말해 주는 것처럼 느꼈다.

"옛날 옛적, 저 먼 히말라야 산기슭에 있는 어느 마을에 한 소년이 살았습니다. 그런데 이 소년은 유달리 장난꾸러기라서 항상 쓸데없는 꾀나 속임수를 꾸며 내곤 했습니다. 그리고 마을 사람들 누구나 한두 번은 이 소년의 심술 맞은 계략에 속아 넘어갔지요.

하지만 마을 사람들 중에서 단 한 명, 어떤 현명한 할머니만은 소년이 말하는 모든 질문에 대한 답을 알고 있어서 어쩐지 소년의 거짓말과 잔꾀로 가득한 꿍수를 언제나 꿰뚫어 볼 수 있었습니다.

그래서 이 소년은 현명한 할머니도 마침내 어리둥절하게 할 만한 계략을 짜내는 것을 평생의 숙원으로 삼았습니다. 소년은 이렇게 결심했지요.

'언젠가는 저 늙은이도 풀지 못할 만한 문제를 찾아내고야 말겠어!'

절망스럽게도 소년은 계속 실패했습니다. 그러다가 드디어 그날이 왔습니다. 소년은 할머니가 절대로 풀 수 없는 문제를 찾아냈다고 자신했던 것입니다.

소년은 숲으로 가서 아름다운 나비를 맨손으로 잡았습니다. 그리고 코웃음을 쳤습니다.

'히! 나는 이 나비를 내 손안에 잡고 있을 것이다. 그리고 그 할멈에게 내 손안의 나비가 죽었는지 살았는지 알아맞히라고 해야지. 할머니가 만약 나비가 죽었다고 말하면 나는 손을 펼치고, 짜잔! 나비가 살아 있다는 걸 보여 줄 것이다. 하지만… 만약 할머니가 나비가 살아 있다고 말한다면, 나는 나비를 손안에서 짓이겨 버리고 할머니에게는 나비가 죽었다는 걸 보여 줄 것이다.'

소년은 킬킬 웃었습니다.

'그 할멈도 이 문제만은 **절대로** 올바르게 대답할 수 없어! 하하! 내가 드디어 해냈다!'

그래서 소년은 할머니에게 달려갔습니다. 손을 등 뒤로 돌리고 손가락 아래에서 몸부림치는 불쌍한 나비를 주먹에 가둔 채로 소년은 능글맞게 웃으며 현명한 할머니에게 도전했습니다.

'할머니, 할머니. 질문이 있어요. 할머니가 절대로 대답할 수 없을 만한 질문이에요! 제 등 뒤에 있는 손안에 조그만 나비가 한 마리 있어요. 자, 이제 맞혀 보세요. 나비가 살아 있을까요? 죽었을까요?'

할머니는 슬픈 표정으로 소년을 바라보았습니다. 그리고 한숨을 쉬며 대답했습니다."

알렉시스는 마침내 눈을 뜨고 셴의 얼굴을 정면으로 바라보았다.

"수호자이신 셴 선생님, 저에게 착한 늑대가 오른쪽인지 왼쪽인지 물으셨지요. 저의 대답은 이 이야기 속 할머니가 소년에게 해준 대답과 같습니다. 그리고 할머니의 대답은 이렇습니다."

"'아이야, 아이야, 나비가 날아갈지 아니면 죽을지⋯.'"

알렉시스는 왼손을 뻗어 꼭 쥔 주먹을 정면으로 셴의 눈앞에 들어올렸다.

"'그 대답이 있는 곳은⋯.'"

봄에 꽃이 피듯이 알렉시스의 손가락이 천천히 펼쳐졌다.

"'바로⋯.'"

알렉시스의 손바닥은 이제 완전히 펼쳐져 있었다. 그 위에는 복슬복슬한 덩어리가 놓여 있었다.

한 번의 빠르고 유연한 동작으로 알렉시스는 그 털 공을 앞으로 집어던진 뒤 덩어리가 허공에서 반원을 그리며 날아가는 동안 양손을 짝, 하고 마주쳤다.

"'너의⋯.'"

어리둥절한 셴의 눈이 커지더니 입이 슬로 모션으로 점점 벌어졌다.

"'**손이다!**'"

알렉시스가 던진 털 공은 끓는 냄비 바로 아래로 날아가 타닥타닥 소리 내며 부서지는 불꽃 속에 정면으로 떨어졌다.

"그 대답이 있는 곳은 바로 당신의 손안입니다!"

그리고….

콰과과과아아아아앙!

방귀열매가 터졌다.

26. 별똥별

"3… 2… 1…. 으아아아아!"

방귀열매의 지독한 냄새가 날아가기 위해 필요한 25초를
다 센 뒤에 알렉시스는 입을 크게 벌리고 터지려는 허파에
채울 수 있는 공기를 욕심스럽게 한껏 빨아들였다.

셴은 귀뚜라미들에게 다시 한숨을 쉬라고 명령하기 한참
전에 이미 기절했다.

또한 그 귀뚜라미들도 마찬가지로 방귀열매의 폭발에 기
절했다고 추정해도 무방할 것 같았다. 왜냐하면 벽에서 아무
소리도 나지 않았기 때문이다. 한숨 소리도 없다. 신음 소리
도 없다. 단 하나의 '귀뚤' 소리도 없었다.

리프는 역시 방귀열매의 여러 특성에 대해 잘 아는 전문가답게 알렉시스가 손에 무엇을 쥐고 있는지 깨달은 순간부터 숨을 참았다.

알렉시스가 리프를 묶은 밧줄의 마지막 매듭을 풀었다. 입에서 밧줄이 떨어지자마자 리프는 터진 둑으로 흘러넘치는 강물처럼 폭발했다.

"우와아아아 세에에에상에! 진짜 완전 어마어마했다! 하! 나의 귀하신 작은 공주님을 괴롭히니까 그런 꼴을 당해도 싸지!"

알렉시스가 최대한 노력했지만 리프가 축하의 의미로 무례한 춤을 추는 것을 말릴 수는 없었다. 기절해서 쓰러진 수호자 셴 주위를 돌며 엉덩이를 반복해서 흔들고 손가락을 팔랑거리는 춤이었다.

"러러러! 라라라! 이제 누가 바보냐? 러러러!"

갑자기 셴이 몸을 움찔거리기 시작했고 리프의 용기는 순식간에 증발했다. 리프는 재빨리 알렉시스 뒤로 도망쳤지만 숨기 전에 고함치는 것을 잊지 않았다.

"야! 춤 그만 춰, 리프! 거들먹거리는 건 예의가 아냐!"

"뭐라고오오오오!"

까불거린 덕에 리프는 잘 조준한 알렉시스의 주먹을 한 대

맞았다.

"으어어어어어!"

셴이 신음했다.

'아이고. 깨어난다.'

셴은 조심스럽게 몸을 일으켜 앉은 뒤에 양손으로 얼굴을 감쌌다. 그리고 눈과 코를 기운차게 문지르며 다시 신음했다.

"으어어어어어어."

'우린 이제 죽었다.'

알렉시스는 마른침을 꿀걱 삼켰다.

'아니면 우리를 귀뚜라미로 만들어 버리거나. 아마 그게 귀뚜라미들이 계속 신음하고 한숨 쉬는 **진짜** 이유겠지.'

머릿속의 헝클어진 거미줄을 걷어 내고 나서 셴은 양손에 묻었던 고개를 들어 당황한 얼굴을 드러냈다.

"어이구. 대포로 참새를 잡는 격이라더니! 빛이 소리보다 빠르니까 귀뚜라미를 이기기 위해서 반딧불이 병을 돌려 달라고 하는 게 전부일 줄 알았더니만! 나뿐만 아니라 내 귀뚜라미들까지 전부 다 쓰러뜨릴 방법을 찾아낼 줄은 상상도 못했다!"

"아."

알렉시스는 어색하게 말을 움직였다. 부끄러운 기분이있다.

"실례했습니다…?"

알렉시스는 말해 보았다. 갑자기 셴이 웃음을 터뜨렸다.

"하하하하하하하하하!"

이렇게 되자 알렉시스도 더 이상 참을 수가 없었다. 리프도 바로 뒤에 같이 웃기 시작했다.

웃음소리는 즉시 기침과 헐떡이는 숨소리와 캑캑거리는 소리에 뒤덮였다. 고약한 냄새의 흔적이 아직도 공기 중에 남아 있었는데, 이제는 몇 세기나 썩힌 달걀 냄새 정도로 수그러들어 있었다.

"콜록! 콜록!"

셴이 눈에서 눈물을 닦아 냈다.

"오오오오오. 어쨌든 이거 하나는 인정해 줘야겠구나. 방금 그건 아주 극적이었다. 스타일 면에서는 10점 만점에 12점이야!"

알렉시스는 한쪽 무릎을 굽혀 극적으로 인사했다.

"어머, 감사합니다, 수호자 선생님!"

너무 웃어서 알렉시스는 배가 아팠다. 셴이 알렉시스의 머리를 쓰다듬었다.

"축하한다! 너는 다섯 가지 불의 시험을 정당하고 멋지게 통과했어! 아니, 보너스 문제도 맞혔으니 **여섯** 가지 시험이라고 해야겠군!"

알렉시스는 자기 귀를 의심했다.

'내가 진짜?'

셴이 알렉시스에게 부드럽게 웃어 보였다.

"그래, 조그만 공주님. 늑대 수수께끼의 정답은 대답이 너의 손안에 있다는 것이었어. 네가 믿는 것이 미래이고, 혹은 너의 미래라는 것이지. 그리고 네가 미래에 어떤 사람이 될지는 너 자신이 결정하는 것이고."

셴은 목소리를 가다듬었다.

"결정이라니 말인데 나한테 두 가지 추가 부탁을 할 충분한 자격이 있다는 걸 기억해라. 현명하게 선택하고."

"지금으로서는 한 가지밖에 생각할 수 없어요, 셴 선생님. 두 번째는 아껴 뒀다가 나중에 쓸게요."

"그래 좋다. 마음껏 말해라."

알렉시스는 소심하게 셴에게 다가가 그의 귀에 대고 속삭였다.

"뭐? 진심이냐? 내가 방금 너한테 현명하게 선택하라고 했지! 이이이이런. 이이이런 세상에. 하지만 좋다. 내가 한 약속이니 지킬 수밖에. 네가 원하는 대로 따르겠다."

셴은 알아들을 수 없는 말을 혼자서 중얼거린 뒤에 양 손가락을 튀겼다.

"됐다."

알렉시스는 양손을 맞잡았다.

"감사합니다, 셴 선생님."

리프가 무슨 일인지 알아내려고 필사적으로 애썼다.

"야, 야! 뭘 해 달라고 한 거야? 내 등 뒤에서 소근거리는 거 무례하다고 전에 말하지 않았어? 말해 줘!"

알렉시스는 눈을 찡긋했다.

"좋아, 우리가 이번 모험을 마치고 나면! 그러니까 너는 그냥 끝까지 계속 버티기만 하면 돼."

"너의 부탁을 내가 별로 탐탁치 않게 여기긴 한다만 그래도 너에게 존경을 표한다."

셴이 깊이 고개를 숙여 보였다.

"너의 내면에도 앞날에도 위대함이 깃들어 있구나, 나의 어린 공주님."

그리고 셴은 다시 몸을 곧게 폈다.

"하지만 그 전에, 네가 구해 내야 할 ―살짝 더 나이 든― 공주님이 한 명 더 있다는 걸 잊지 마라!"

* * *

오니들은 호수 주변에 모여 서서 으르렁거리고 투덜거리며 저녁밥이 도망쳐 버린 게 누구 잘못인지 자기들끼리 말다툼을 하고 있었다.

갑자기 그 소음과 혼란 위에서 커다랗게 코 나팔을 부는 소리가 오니들의 귀청을 때렸다.

– 빠아아아빠아아아아아아앗! 빠아아아파아아아아아아앗!

오니 하나가 손가락으로 양쪽 귀를 막은 채 하늘을 올려다보았다. 그는 냄새를 맡더니 주둥이로 폭포 꼭대기를 가리켰다. 무시무시하게 시끄러운 소리는 바로 그곳에서 들려오는 것 같았다. 나머지 동료들도 뒤를 따라 고개를 위로 젖혔다.

천둥 같은 코 나팔 소리에 이어서 마치 번개가 치듯이 눈부신 빛이 쏟아져 오니들은 모두 타는 듯한 느낌에 눈을 손으로 가렸다.

"별똥별인가?"

불타는 빛은 위로 휘어져 올라가더니 마치 천국의 등대처럼 허공에 멈추어 안개 속에서 번쩍이며 까만 어둠의 바다를 비추었다.

갑자기 그 빛은 아래로 아래로 떨어져 내렸다! 그렇게 아래로 돌진하면서 광휘가 더 커지고 밝아졌다. 곧바로 오니들을 향해서!

마치 유성이 떨어지는 것 같았다.

오니들은 무슨 일인지 알게 될 때까지 기다리지 않았다. 오니 떼는 비명을 지르며 서로 밀치고 밟아 대면서 도망쳐서 빠져나가려 악다구니를 쳤다.

휘이이이이이이익! 하늘을 밝힌 불덩어리가 엄청난 바람을 일으키며 주위를 날아 지나가 오니들을 도망치지 못하게 제자리로 밀어 놓았다.

"이야아아아아아! 이거 너무 재밌다!"

알렉시스는 즐거워하며 소리쳤다. 알렉시스는 왼손으로는 결사적으로 유메를 붙잡고, 오른손으로는 한껏 강렬하게 빛나는 반딧불이 친구가 든 수정병을 꼭 쥐고 있었다.

– 빠아아아아파아아아아아아앗! 빠아아아아파아아아아아아탓탓탓!

유메는 지나치게 열성적인 트럼펫 연주자처럼 코로 나팔을 불었다.

"도망쳐라! 도망쳐, 구더기들아! 도망쳐!"

리프가 달아나는 무리를 향해 있는 힘껏 고함을 쳤다. 오니들은 마치 개미집에 불이 나서 도망치는 흰개미들처럼 떼지어 산을 달려 내려가고 있었다.

이제 그냥 느긋하게 걸어 들어가서 할머니를 모시고 나오는 일만 남았다.

리프와 유메가 바로 뒤에서 가까이 따라오는 가운데 알렉시스는 반딧불이 수정병으로 길을 밝히며 오니 야영장 한가운데 있는 가장 큰 천막으로 곧장 걸어갔다.

가까이 갔을 때 천막이 —사실은 막대기 뼈대 위에 넝마와 가죽 조각을 아무렇게나 묶어 놓은 구조물이었지만— 움직이기 시작했다. 몇 겹이나 되는 천과 가죽이 그들을 향해서 밀어 내듯 움직였고 천막 문 역할을 하는 넓은 천이 젖혀지며 열리기 시작했다. 알렉시스는 굳어 버리고 말았다.

'오니들이 전부 도망친 건 아니었나 봐.'

그러나 오니 대신 친숙한 형체가 넝마와 가죽 사이에서 나타났다. 알렉시스는 곧바로 외쳤다.

"할머니!"

"알렉시스? 거기 정말 너냐?"

"네, 저예요!"

"세상에, 굉장히 밝은 등불을 들고 있구나. 눈이 부셔서 잘 안 보여!"

"어머, 죄송해요!"

알렉시스는 수정병을 유메 뒤에 놓고 —유메의 몸집이 커서 편리하게도 불빛을 대부분 가려 주었다— 할머니의 품속에 곧바로 뛰어들었다. 할머니가 알렉시스를 꽉 껴안아서 거의 숨이 막힐 뻔했지만 알렉시스는 신경 쓰지 않았다. 알렉시스도 그만큼 힘주어 할머니를 꼭 껴안았다. 그렇게 두 사람은 몇 분이나 껴안고 있었고 마침내 리프가 초조한 듯 큰 소리로 하품을 했다.

"널 다시는 못 보는 줄 알았어!"

할머니가 훌쩍거리기 시작했다.

"저도요! 할머니 보니까 너어어어어무 좋아요! 괜찮으세요? 그 괴물들이 할머니를 해치진 않았죠, 그렇죠?"

"그래, 감히 그런 짓은 못 하지! 알렉시스, 다시 보니까 정말 기쁘다만 도대체 너 여기서 뭐 하는 거냐? 리프, 이 위험한 곳에 얘가 가까이 오지 못하게 하라고 분명히 엄격하게 지시를 내렸을 텐데!"

할머니가 노려보자 리프는 몸을 움츠리며 유메 뒤에 숨었다. 할머니가 갑자기 신경을 다른 데로 돌렸다.

"잠깐… 리프, 지금 널 숨겨 주는 그거 바쿠냐?"

"네, 바쿠예요, 할머니! 이름은 유메예요."

알렉시스가 말했다.

"그리고 리프 잘못이 아니에요. 제가 할머니의 패리 가루를 써서 스스로 여기로 왔어요."

"그리고 저는 알렉시스가 위험에 빠지지 않게 하기 위해 용감하게 뒤를 쫓았습니다!"

리프가 관대하게 선언했다. 할머니가 자기 이마를 쳤다.

"아! 그러면 그렇지! 알렉시스 너는 한번 마음먹으면 어떻게 막을 방법이 없구나, 안 그러냐?"

"지금까지는 없어요, 그리고 앞으로도 없으면 좋겠네요!"

알렉시스가 웃었다.

"그렇지만 할머니, 오니들이 할머니 선글라스를 가지고 있었어요. 그놈들이 할머니 배낭을 뺏어 갔어요? 가지고 계시던 재료들은 무사해요? 특히 두융의 땀은요?"

"걱정 마라, 다 무사하다. 먹을 수 있거나 반짝이는 물건만 오니의 관심을 끌었어. 병에 든 땀이나 꽃향기가 나는 향수는 아무 매력이 없지. 하긴 유령 고추는 한번 먹어 보더라만, 아주 빠르게 후회하게 됐지!"

"만세! 드디어 일이 잘 풀리기 시작하는군요!"

알렉시스는 할머니의 손을 잡았다.

"가요, 할머니, 산꼭대기로 날아갈 시간이에요. 저의 엄청 밝은 등불 얘기하고 산의 노인을 지나온 얘기는 올라가는 길에 해 드릴게요!"

27. 미스트의 가장자리

― 빠아아아아아파아아아아아아아아앗탓탓탓! 빠아아파아아앗
탓탓탓!

유메는 가려진 산의 꼭대기 쯤에서 빙글빙글 돌다가 거센
바람과 소용돌이치는 공기의 흐름 속으로 능숙하게 날아 내
려갔다.

등에 세 명이나 태우고도 이 코끼리 형체의 짐승은 승객들
의 무게를 느끼지도 못하는 듯 바람을 타고 우아하게 미끄러
지듯이 날았다.

알렉시스는 유메의 등을 있는 힘껏 꽉 붙잡고 유메의 두꺼
운 털에 최대한 가까이 몸을 숙였다. 낭떠러지 주변에 몰아치

며 울부짖는 강풍이 계속 불어왔다. 강풍은 몸을 때리며 유메의 등에서 알렉시스를 밀어 아래쪽 어두운 심연으로 떨어뜨릴 듯 무섭게 위협했다.

알렉시스의 바로 앞에 있는 리프는 유메의 탄탄한 목을 완전히 감싸안고 있었다. 리프의 표정을 보아하니 비행을 좋아하지 않는 것이 분명했다.

알렉시스는 다시 할머니를 바라보았다. 할머니도 알렉시스를 보며 미소를 지었지만, 그 얼굴은 근심에 젖어 있었다. 이유를 알기는 어렵지 않았다.

새벽이 이미 머리 위에 다가와 있었다. 유메가 구름 위로 높이 날아올랐을 때 모두 황금 손가락 같은 햇살이 지평선 위로 솟아오르는 모습을 보았던 것이다.

그러나 가려진 산에 가까운 이 아래쪽은 아직도 이상하게 어두웠다. 마치 이 산에서만 밤이 땅의 흙 속에 고집스럽게 발톱을 박은 채 낮에게 길을 비켜 주기를 한사코 거부하는 것 같았다.

이것은 산 주위 공기를 뒤덮은 검은 연기의 두터운 장막 때문이기도 했다. 그 장막은 마치 알렉시스의 사정을 다 알고 있어서 그들이 치료 약의 마지막 재료에 다가가지 못하도록 막는 것 같았다. 그들을 끊임없이 때리는 성난 바람은 이 연기 장막을 지키려는 듯했고, 보이지 않는 손바닥으로 그들을 때려서 쫓아내려는 듯했다.

최대 밝기로 빛나는 반딧불이 수정병이 길을 밝히는데도 몇 미터 반경을 넘어가면 앞을 보기 힘들었다. 몇 군데는 실질적으로 칠흑 같이 깜깜했고, 어둠이 너무 짙어서 손을 뻗으면 그 장막의 질감을 느낄 수 있을 것만 같았다.

"아침이 밝았다. 루이킹 꽃이 이제 언제든 피어날 준비가 됐을 거야."

할머니가 말했다.

"그러면 정오에 꽃이 시들기 전까지 시간이 있어. 그 정도면 감로를 얻어 오기에 충분할 거야."

알렉시스는 웃으며 고개를 끄덕였다.

"정말 다행이에요, 할머니!"

'약간은 할머니가 자기 자신을 안심시키려고 하시는 말처럼 들리기도 하지만 말이지.'

리프가 코를 쳐들고 공기 냄새를 맡더니 외쳤다.

"나만 이런 거예요, 아니면 뒤쪽에서도 뭐 타는 냄새나요?"

알렉시스는 바람이 불어오는 방향을 보고 숨을 들이켰다. 그리고 바로 격렬하게 기침하기 시작했다.

리프가 옳았다. 하늘이 재와 숯과 불탄 고무 냄새로 가득

했다. 뭔가 타고 있었다.

알렉시스는 순간적으로 두려움에 휩싸였다.

'산꼭대기와 그 위에 있는 루이킹 꽃이 불타는 건가?'

갑자기 이곳저곳에서 누가 지르는지 알 수 없는 찢어지는 비명 소리와 피가 얼어붙을 듯한 울부짖는 소리가 그들을 휩쌌다.

알렉시스는 팔과 목의 털이 전부 곤두서는 것을 느꼈다.

소름이 핏줄을 휩쓸어 모든 세포가 얼어붙었다.

유령 같은 비명 소리는 계속해서 이어졌다. 마치 죽었다가 되살아난 수많은 소 떼가 거대한 박쥐 무리와 뒤섞인 것 같은 소리였다.

'이건 대체 무슨 괴물이지?'

알렉시스의 반딧불이 수정병 빛 가장자리에 커다랗고 검은 형체들이 연기로 몸을 가린 채 주변을 날다가 지나쳐 갔다.

'휘이이이익!'

소리 하나하나는 정체 모를 생물체가 지르는 것이었고, 그 생물체는 따가운 연기를 파도처럼 뒤에 끌고 왔다. 알렉시스는 몸을 숙여 피하면서 비명을 질렀고 심장이 세차게 쿵쿵 뛰는 것을 느꼈다.

"저…저거… 거…거대… 박쥐예요?"

할머니가 든든한 팔로 알렉시스를 감싸안았다.

"아냐. 겁내지 마라. 우리를 해치지 않아. 저들은 너의 빛과, 특히 유메를 무서워하거든."

리프가 부르짖었다.

"그러니까… 저… 날아다니는… 것들이… 쿠…쿠데라예요? **몽마**?!"

'그래서 타는 냄새가 나는구나. 연기 말들이니까. 최소한 산이 불타는 건 아니네.'

"으이이이이이익!"

말 머리 모양의 커다랗고 검은 그림자가 그들의 오른쪽에, 리프가 느끼기에는 너무 무섭게 가까이에 솟아올랐다. 리프는 소란스럽게 헛기침을 하더니 커다란 침 덩어리를 그 형체를 향해 내뱉었다.

그 쿠데라는 고통스러운 비명을 지르면서 재빨리 방향을 돌려 멀어졌다. 리프는 그 방향에 대고 주먹을 휘둘렀다.

"그거나 먹고 죽어라, 이 탄내 나는 방귀야! 가까이 오면 더 뱉어 준다!"

"진정해, 리프."

할머니가 안심시켰다.

"유메한테 딱 붙어 있으면 우린 안전해. 네가 아주 우아하

163

게 보여 주었듯이 이 연기 괴물들은 빛과 함께 물도 싫어하니까. 우리가 산꼭대기 호수에 도착하면 더 이상 귀찮게 하지 않을 거다. 그리고 어찌 됐든 쿠데라는 실제로 널 잡아먹지 않아. 너의 기쁨을 빨아 가고 악몽을 남길 뿐이지. 유메야말로 저것들을 아침밥 대신 먹을 거다."

"멋지다아아아, 멋진 바쿠야."

리프는 유메의 등에 더 깊이 몸을 묻었다.

"나한테 코 푼 거 내가 용서해 준 거 알지, 그치?"

유메는 경멸하듯 코를 킁킁거렸다.

더 많은 비명 소리와 울부짖음 소리가 이번에는 뒤에서 나타났다. 알렉시스는 고개를 돌려 뒤를 보았다. 바로 뒤에서 검은 어둠과 연기로 이루어진 말들의 무리가 엄청난 속도로 달려오고 있었다!

"쉿쉿! 저리 가!"

알렉시스는 할 수 있는 한 멀리 반딧불이 수정병을 뻗으며 소리쳤다. 검은 무리는 뒤로 멀어져 끽끽 소리치며 여러 방향으로 흩어져서 날아갔다.

'하, 더 무서운 것도 봤으니까!'

산꼭대기에 다가가자 바위투성이 땅이 물러나고, 반짝이며 일렁이는 표면이 나타났다.

'물이다!'

알렉시스는 깨달았다.

'호수에 도착했어!'

유메가 날개를 몇 번 세게 펄럭이더니 등에 탄 세 명이 미처 깨닫지도 못하는 사이에 부드럽게 땅에 내려앉았고 잠시 달려가다가 멈추었다.

"멋진 착륙이야, 유메!"

알렉시스가 칭찬했다. 유메는 알아들었다는 듯 고개를 기울였다. 알렉시스는 유메의 목을 쓰다듬어 준 뒤에 바위투성이 땅으로 미끄러져 내려왔다.

유메를 타고 날아다니는 동안 즐거웠지만 다시 단단한 땅에 서 있는 것에는 역시 비할 수 없었다.

"태워 줘서 고맙다, 유메."

할머니가 유메의 목을 살살 긁어 주었다.

"자, 그러면 부탁 하나만 할게. 여기서 기다려 주렴. 우리는 가서 꽃을 찾아야 하거든."

유메는 알겠다는 듯 코 나팔을 불었다.

주위를 둘러보면서 알렉시스는 이곳이 할머니의 부엌 정도 크기밖에 안 되는 아주 작은 섬이라는 사실을 깨달았다.

주위는 커다란 호수였고 그 동쪽 끝은 아래쪽 어둠 속으로 쏟아져 내리고 있었다. 알렉시스는 거기까지 다 볼 수 없었지만 떨어지는 물이 포효하는 소리는 들을 수 있었다.

'쌍둥이폭포가 시작되는 곳이다. 저 멀리 아래쪽에서 리프와 내가 거의 오니 밥이 될 뻔했지!'

그리고 이제 그들은 바로 여기, 미스트 가장자리, 봄의 첫 번째 햇살이 할아버지를 되찾아 오게 해 줄 꽃을 피우는 바로 그 지점에 와 있었다!

해낸 것이다!

옴바크족의 노래 가사가 알렉시스의 머릿속에 떠올랐다.

겨울이 처음 덮친 곳을 봄이 처음 맞이하네.
저 위 산꼭대기에, 첫 번째 꽃이 피어나네.
새벽과 황혼이 처음 만나는 그곳에서.

'마지막 재료야. 믿을 수가 없어. 이제 곧 할아버지는 예전 모습으로 돌아올 거야.'

그럼에도 불구하고 조그만 불안감이 스멀스멀 알렉시스의 마음을 계속 물어뜯었다.

'하지만 이 아래쪽은 계속 어둡잖아. 빛이 들어오지 않으면 새벽이 왔나는 걸 꽃이 어떻게 알지?'

알렉시스는 불안감을 억지로 떨쳐 버렸다.

'여기 미스트에서는 아마 다르겠지, 그리고 꽃봉오리는 꼭 햇빛이 있어야 피어나는 건 아니니까. 아니면 이것도 할머니의 '밤의 여왕' 꽃처럼 밤에 피었다가 낮에 죽는지도 몰라.'

할머니가 선언했다.

"여러분, 다들 눈을 크게 뜨고 제발, 발밑을 아주아주 조심해요!"

알렉시스는 유명한 전설 속의 꽃을 찾아서 수정병 속에 든 반딧불이 빛을 돌리며 열심히 둘러보았다.

'어떻게 생겼는지 궁금하네. 장미 같을까? 아니면 타사니의 정원에 있던 꽃들처럼 나비 날개 모양의 꽃잎이 달렸을까?'

갑자기 리프가 외쳤다.

"저기 있다!"

리프는 흥분을 참지 못했다.

"저기! 저기! 내 오른쪽!"

모두 한꺼번에 리프가 가리키는 쪽으로 돌아섰다. 아니나 다를까. 아주 가까운 곳, 조그만 섬의 동쪽 끝, 물가와 맞닿은 곳에 홀로 부드러운 녹색 식물이 서 있었다.

식물은 어떻게 했는지 얼음과 눈 밑에서 바위를 뚫고 솟아난 것이다. 그리고 사나운 바람이 이리저리 불어 대며 뿌리를 뽑아 날려 버리려 하는데도 어떻게든 자라나서 잎을 틔우고 하나의 긴 줄기를 하늘을 향해 밀어 올렸다.

어둠과 추위 속에서, 서리와 안개 속에서, 다른 봉오리들은 시들어 죽거나 날아가 버렸는데도 연약한 꽃봉오리가 어떻게든 홀로 살아남아 용감하게 줄기에 붙어 있었다.

단 하나의 부스러질 듯한 꽃봉오리는 —한 쌍의 손이 심오한 기도를 올리며 강렬하고도 열정적으로 맞잡은 듯한 모습이었다— 고개를 내밀고 동쪽을 가리키고 있었다.

봄의 첫 번째 꽃봉오리다.

루이킹 꽃.

'우리가 찾았어. 우리의 모험은 끝났어.'

할머니가 알렉시스를 껴안고 알렉시스의 이마 옆쪽에 길게 힘껏 입 맞추었다.

'이젠 집에 갈 수 있어.'

리프와 알렉시스는 하이 파이브를 했다.

이 봉오리 안에 태어나지 않은 꽃이 잠들어 있었다.

그 꽃잎 속에 할아버지를 치료할 마지막 열쇠가 숨어 있다.

할아버지는 옛날 옛적에 요정 공주님에게 이렇게 말했던 사람이다.

"아, 공주님, 이야기야말로 꿈이 지라나는 토양이고 꿈은 희망이 살아가는 봉오리입니다. 그리고 희망은 ―나의 공주님― 그 어떤 것보다도 귀중한 선물이랍니다."

눈물로 얼굴을 적시며 알렉시스는 한 팔로 할머니를 꼭 붙들고 다른 팔로는 리프의 어깨를 껴안았다.

마침내 길고 긴 모험의 끝이 눈앞에 보이는, 바로 여기까지 오고야 만 것이다.

그들은 마치 함께 기도하고 명상하는 것처럼 모두 깊이 감동하여 고요한 침묵 속에 꽃봉오리 주위에 둘러앉아 있었다.

시간이 지났다.

아니, 방울방울 흘러갔다.

그리고 흘러 떨어졌다.

처음에는 30분.

방울….

…방울.

그리고 한 시간.

또 한 시간.

그러나 아무 일도 일어나지 않았다.

봉오리는 그대로 봉오리였다.

뭔가 잘못되었다.

할머니가 정적을 깨고 조용히 말했다.

"벌써 아침이 밝은 지 오래야. 꽃은 지금쯤 활짝 피었어야 해."

알렉시스의 손가락이 떨리기 시작했다.

"꽃이 피려면 햇빛이 필요해."

할머니가 관자놀이를 문질렀다.

"그런데 여기는 아직도 너무 어둡구나."

불행히도 알렉시스가 걱정했던 대로 된 것이다.

리프는 어쩔 줄 몰랐다.

"봉오리가 정오까지 열리지 않으면 앞으로 끝까지 열리지 않는 거라고 봐야 돼! 앞으로 1년이나 더 기다려야 한다고!"

'1년? 그때쯤 할아버지는 돌이킬 수 없게 될 거야! 안 돼! 안 돼! 안 돼! 이럴 수는 없어! 안 돼… 안 돼….'

리프가 양팔을 펼쳤다.

"이건 다 저 망할 안개와 불타는 말똥 자루들이 하늘을 가리고 있기 때문이야! 우리 마음대로 날씨를 맑게 만들 수는 없잖아. 이젠 끝장이야!"

'여기까지 왔는데. 정말 먼 길을 왔어. 그 많은 일들을 헤쳐 나왔고. 거의 죽을 뻔했잖아!'

"꽃! 죽어 간다!"

리프가 비명을 질렀다.

'그게 전부 헛수고라고?'

알렉시스는 감히 바라볼 수가 없었다.

그리고 마침내 꽃을 마주했을 때는 본 것을 후회했다.

천천히, 그러나 확실하게, 꽃봉오리는 시들고 있었다.

28. 생선 오줌

일행은 모두 공포에 질린 채 기운 없이 고개를 숙이는 식물을 그저 바라볼 뿐이었다.

'꽃을 안 피우는 정도가 아니라 이제는 시들어 죽어 가고 있어.'

충격 속에 그들은 말없이 앉아 있었고, 주위의 공기는 숨 막힐 듯한 두려움과 완전한 절망으로 물들었다. 알렉시스는 고개를 파묻었다.

'안 돼. 제발, 안 돼. 지금 이럴 순 없어. 이렇게 가까이 왔는데!'

할머니는 관자놀이를 손가락으로 누른 채 고르게 조절한

숨을 내쉬었다.

"어떻게든, 뭐든 해야 된다."

"뭘 더 할 수 있는데요?"

리프가 울부짖었다.

"뭔가 해야지. 이러고 앉아서 아무것도 안 하고 기다리며 꽃이 천천히 죽어 가는 걸 보는 것보단 뭐든 하는 쪽이 나아."

할머니가 궁리했다.

"리프, 정오가 될 때까지 시간이 얼마나 남은 것 같아?"

리프는 허공에 혀를 내밀고 냄새를 맡았다.

"연기가 너무 짙어서 잘 모르겠지만 대충 세 시간 정도요."

"그래, 넋 나간 닭처럼 정신없이 뛰어다니지 말고 다들 머리를 모으고 생각해 보자. 한 가지씩 차근차근 따져 보는 거야. 알렉시스가 말했듯이 꽃이 피려면 햇빛이 필요해. 그러면 어떻게 해야 햇빛이 들게 할 수 있을까?"

침묵.

할머니가 다시 말을 꺼냈다.

"흠. 네 생각부터 먼저 들어 보자, 리프."

"네? 저요? 저는 그냥 우린 다 망했다는 얘기밖에 안 했는데요. 저 불타는 말똥 자루들 덕분에요!"

할머니는 간신히 기운 없는 엷은 미소를 지었다.

"그리고 날씨를 맑게 만들어야 한다는 얘기도 했지. 그것도 꽃이 햇빛을 받게 하는 한 가지 방법이야."

리프는 믿을 수 없다는 듯 자기 이마를 쳤다. 알렉시스에게 어떤 생각이 떠올랐다.

"아하! 햇빛이 꽃에 내려오게 할 수 없으면 해를 향해 꽃을 올릴 수도 있지 않을까요?"

"훌륭한 생각이다! 역시 내 손녀야! 자 그럼 한번 해 보자!"

알렉시스는 다시 희망을 가지고 몸을 기울여 식물을 관찰했고, 더 자세히 보기 위해 밑동 쪽의 잎사귀를 들어 올렸다. 하지만 다음 순간 알렉시스의 희망은 빠르게 사라져 버렸다.

"아아악! 안돼, 안돼, 안돼…. 뿌리가 바위 사이 틈새에 깊이 박혀 있어요. 이걸 뽑았다가는 줄기가 다 끊어져서 식물 자체가 죽게 될 거예요!"

알렉시스는 낙담하고 절망해서 다시 땅바닥에 웅크리고 앉았다.

'소용없어. 너무 늦었어.'

할머니가 바위를 들어 올려 보려고 애썼지만 곧 그만두었다. 리프가 고개를 저었다.

"그건 불가능해요. 그 돌덩이들은 아주 깊이 박혀 있어요. 파낼 수 없다고요!"

'끝이야.'

할머니가 양손을 털었다.

"괜찮아, 괜찮아. 처음으로 돌아가 보자. 날씨를 맑게 하려면 어떻게 하지?"

리프가 양손을 비틀었다.

"그건 못 해요! 마법을 쓰지 못하면 할 수 없어요! 절망적이라고요!"

리프를 야단치려던 할머니의 시선이 알렉시스를 향했는데, 알렉시스는 이제 양팔에 머리를 푹 파묻고 있었다. 할머니는 다정하게 손녀의 턱을 들어 올려 눈을 바라보았다.

"사랑하는 아가야. 모든 어려움에도 불구하고, 낯선 세상에 와서 앞을 막아서는 갖가지 위험과 괴물들을 이겨 내고 네가 우리를 여기까지 데려왔어. 나를 오니들에게서 구출하고 리프를 몇 번이나 구해 낸 것도 너야."

알렉시스의 볼 위로 눈물이 굴러 떨어졌다. 할머니는 엄지손가락으로 부드럽게 그 눈물을 닦아 냈다.

"할아버지가 해 주신 얘기 기억하니? 희망과 사랑 말고도 또 선물이 하나 더 있다는 거?"

"미…미…믿음이요."

"그래, 믿음이야. 앞날에 대한 불타는 신념. 넘을 수 없는 역경에도, 일이 풀리지 않는데도 불구하고 흔들리지 않는 확신이지."

할머니는 알렉시스의 눈을 깊이 들여다보았다.

"아가야, 나는 너에게 세상에서 제일 강한 믿음을 가지고 있단다."

"고…고…고마워요, 할머니."

알렉시스가 훌쩍거렸다.

"자, 말해 봐라. 이 여행에서 지금까지 어떻게 모든 고난을 뚫고 여기까지 왔니? 예를 들어, 산의 노인은 어떻게 지나왔지?"

"저… 저…."

알렉시스는 잠시 멈추고 생각했다.

"그러니까, 언제든 막혔다는 느낌이 들면 할아버지가 예전에 해 주시던 이야기를 떠올렸어요. 특히 앞에 놓인 문제하고 어떤 식으로든 상관이 있어 보이는 내용으로요. 그러면 어디서 시작해야 할지 아이디어를 얻는 일이 많았어요."

"그러면 이번에도 그렇게 해 보자, 응? 그리고 이제는 나도 여기 있으니까 같이하면 되지. 생각해 보자, 날씨를 맑게 하는 것에 대한 이야기가 혹시 있었을까?"

알렉시스는 머리를 쥐어짰다.

"당장 생각나는 건 없는데요."

"흠, 나도 그래."

할머니가 생각을 더듬었다.

"아마 그건 너무 구체적인가 보다. 다른 식으로 해 보자. 우리가 뭘 치우려고 하는 거지? 햇빛을 막고 있는 게 뭐지?"

리프가 끼어들었다.

"내가 말했잖아요! 하늘 가득 까만 연기하고 김이 풀풀 나는 말똥이 깔려 있다니까요!"

"그래. 좋다, 리프. 쿠데라부터 시작해 보자. 쿠데라를 치우려면 뭐가 필요할까?"

리프는 어깨를 움츠렸다.

"어… 쿠데라들은 분명히 유메를 무서워해요. 하지만 유메는 혼자 왔으니까 저 위에 날아다니는 연기 주머니들을 혼자 다 쫓아다니면서 먹어 버릴 수는 없을 거예요!"

알렉시스의 머릿속에 뭔가 번득 떠올랐다.

"물! 몽마들은 연기로 만들어져서 물을 싫어한다고 네가 아까 그랬지!"

리프가 냉소적으로 코웃음 쳤다.

"맞아. 우리 다들 하늘을 향해 침을 뱉어 보자! 만세! 신난
다…일 리가 없잖아! 쳇!"

알렉시스는 짜증이 나기 시작했다.

"입 다물어, 리프."

알렉시스가 쏘아붙였다.

"도움이 안 돼."

"너야말로 닥쳐라. 네 생각은 뭐 그렇게 잘 돌아갔다고!"

'이젠 못 참아.'

"최소한 난 노력이라도 한다고. 너는 그냥 다 그만두잖아!
그리고 일을 망치고! 불평하고 투덜거리고."

알렉시스는 화가 잔뜩 나서 계속 밀어붙였다.

"안녕하세요, 저는 미스터 투덜이예요! 제가 하는 일이라고
는 슬프거나 화나거나 성질날 때 아무거나 망가뜨리고 도망
쳐서 훌쩍거리고 웅얼거리는 것뿐이에요!"

이제 리프도 격분했다.

"망가뜨려? 내 집을 부순 커다랗고 바보 같은 뒤뚱이가 누
군데?"

"내 말이 바로 그 얘기야! '아이구, 네가 내 집을 부쳤으니
난 네 머리를 날려 버리겠어, 선생!' 그래 참 억울하고 분통하
시겠다, 네 부인이 어겁 년 전에 그 지저분한 막대기 더미 속

에 살았다고 해서 우리 할아버지를 다치게 할 권리가 생긴 건 아니었다고!"

"알리사는 끌어들이지 마!"

리프는 주먹을 움켜쥐고 알렉시스를 향해 머리부터 달려들었다.

"둘 다 그만둬!"

할머니가 포효했고 전투 태세였던 두 명은 그 자리에서 얼어붙었다.

"너!"

할머니가 알렉시스를 가리켰다.

"그건 너무했다. 그만해! 그리고 리프."

할머니가 눈을 가늘게 뜨고 리프를 바라보았다.

"몇 년이나 이 얘기를 해 줘야겠다고 생각했지만 미스트를 떠나고 나서는 얘기할 기회가 없었다."

할머니의 목소리가 상냥해졌다.

"알리사가 세상을 떠났을 때 네가 무척 괴로워했다는 건 나도 안다. 알리사를 죽게 했다고 세상을 다 원망하고, 그래서 세상에 등을 돌리고 숨어 버리는 쪽을 택했다는 것도 알아. 스스로 마음의 벽을 만들었다는 걸 안다."

할머니가 말을 이었다.

"하지만 알리사가 그런 걸 원하지 않았을 거라는 사실도 안다. 알리사는 자신보다 남을 먼저 생각하는 치유사였고 다른 생명들이 살 수 있게 하기 위해서 자기 목숨을 바쳤어. 그러니 알리사는 다른 누구보다도 네가 치유받고 다시 살아가길 원했을 거야."

할머니는 리프의 어깨에 손을 얹었다.

"삶이 너에게 돌을 던지거든 그걸로 다리를 지어라, 벽을 쌓지 말고. 너의 그 벽 바깥으로 나올 때가 됐어. 리프, 이제는 네가 뒤로 물러서는 게 아니라 앞으로 나아갈 수 있게 해 주는 걸 지어 올려야 해. 그러면 아무 데도 못 가고 붙잡혀 있는 대신 어딘가로 움직일 수 있는 거야. 알리사를 위해서라도 이제 너는 다리를 지어야 해, 리프."

리프는 말없이 바닥만 바라보았다.

"아까 했던 말 말인데…"

알렉시스가 리프에게 속삭였다.

"미안해."

할머니가 알렉시스의 재킷을 쓸어 매무새를 고쳐 주며 고개를 끄덕였다.

"애초에 모자랐던 시간을 벌써 너무 많이 허비했어. 다시 할아버지를 구하는 일로 돌아가자. 어디까지 얘기했지?"

알렉시스는 기억을 더듬었다.

"물…로 쿠데라를 쫓아 버리는 얘기요."

"아, 그래! 물은 좋은 생각이야, 알렉시스! 그리고 한 가지 또 있다. 빛! 몽마들은 빛을 싫어해! 어떻게든 안개를 걷고 햇빛을 들게 할 수만 있으면 쿠데라들도 도망칠 거야!"

'물, 빛.'

갑자기 알렉시스는 할머니를 쳐다보며 외쳤다.

"일랴파!"

리프가 눈에 띄지 않게 눈물을 닦아 내며 당황했다.

"뭐? 일 아파? 이봐, 네 할아버지가 아픈 거지 일이 아픈 게 아냐!"

"실없는 농담은."

할머니가 고개를 저었다.

"알렉시스가 말하는 건 일랴파야, 잉카 전설 속 천둥번개와 비의 신이지."

알렉시스가 고개를 끄덕였다. 다시 한번 알렉시스의 귓가에 할아버지의 이야기 소리가 들려오는 것 같았다.

"오랜 옛날 페루에 끔찍한 가뭄이 들어서 잉카 사람들이 목마르고 배고파서 죽어 가고 있었어. 일랴파가 사람들을 불쌍하게 여겨 도와주기로 했단다.

일랴파는 하늘 높은 곳에 '마유'라는 강력한 강이 흐르는 걸 알고 있었어. 그리고 마유의 강가에는 강물을 퍼서 보관하는 데 쓰는 거대한 냄비가 놓여 있었지. 그래서 우리의 주인공 일랴파는 찾을 수 있는 것 중에서 가장 큰 바위를 가져다 마법 새총에 걸었어. 그리고 온 힘을 다해 당겼지. 새총을 놓자 바위는 앞으로 날아가며 엄청나게 밝은 빛을 내뿜었는데 그게 최초의 번개였어. 바위는 위로 위로 날아가서 마유 강물을 푸는 냄비에 맞았어. 냄비는 빠각! 하고 깨졌지. 그렇게 해서 최초의 천둥소리가 생겨났어. 그리고 콸콸콸! 깨진 냄비에서 물이 쏟아져 나와 최초의 비가 내렸지. 페루 사람들은 살아났어!

그래서 비가 올 때 천둥소리가 번개보다 나중에 들리는 거야. 그런데 이거 아니, 새싹아? 밤이 지나가는 지금 바로 이 순간에도 마유강과 강물 푸는 냄비는 저 하늘 위에 그대로 있단다! 못 믿겠다고? 위를 올려다봐!"

할아버지는 별이 가득한 맑은 하늘을 가리켰다.

"지금은 그냥 다른 이름으로 알려져 있을 뿐이야. 저기 보여? 저게 마유강이야 지금은 보다시피 물이 꽤나 흐릿하지. 우주 먼지가 너무 많이 껴서 말이다. 그래서 지금은 은하수라는 이름으로 더 잘 알려져 있는 거야! 그리고 물 푸는 냄비 있잖아? 그건 지금은 북두칠성으로 알려져 있어!"

"비!"

알렉시스는 할머니가 외치는 소리를 듣고 추억에 잠겨 있다가 깨어났다.

"네 말이 맞아! 비! 그리고 이거 아니, 알렉시스? 할아버지가 예전에 이렇게 물어보셨단다. '트리샤, 미스트에도 땅에 씨를 뿌리고 추수하는 농부가 있나요?' 나는 고개를 끄덕였지. 그랬더니 할아버지가 이렇게 말했어. '지구에는 땅을 가는 농부뿐만 아니라 하늘을 경작하는 농부도 있어요!'

당연히 나는 할아버지가 농담하는 줄 알았지. 그런데 할아버지는 계속 이야기했어. '농담이 아니에요! 진짜라고요! 가뭄이 들거나, 산불이나 오염 물질 때문에 공기가 연기로 가득해지면 하늘 농부들이 비행기를 타고 하늘로 날아가서 구름에 씨를 뿌린다고요! 무슨 씨냐고요? 그거야 눈물의 씨앗이지요, 소금 말이에요! 그러면 이 농부들은 어떤 열매를 거두려고 할까요? 그거야 하늘의 눈물이지요! 이 농부들은 하늘이 울게 만들려고 하는 거예요!'"

할머니가 열정적으로 고개를 끄덕였다.

"다시 말하면… **비야!**"

알렉시스의 눈이 빛났다.

'맞아! 할아버지가 나한테도 얘기해 주셨어! 눈물의 씨앗을 구름에 심어서 울게 만들 수 있다고! 비가 오게 만들 수 있다고!'

알렉시스는 팔딱 뛰었다.

"구름에 씨를 심는 거예요, 할머니! 우리한테 필요한 게 그거예요! 구름 위에 소금을 뿌릴 수 있으면 비가 오게 할 수 있고, 비가 오면 연기기 시라질 거예요. 연기가 사라지면 해가 다시 날 거고 몽마도 도망치고 꽃이 햇빛을 받게 되겠죠!"

리프가 신음했다.

"아이고 저런. 그러려면 또 마법이 필요할 것 같은데. 소금은 어디서 가져오고 게다가 무슨 수로 하늘에 뿌리겠다는 거야? 이 섬에선 마법이 작동하지 않는다고 내가 또 말해 줘야 하겠어?"

할머니가 큰 소리로 헛기침을 했다.

"리프, 방금 내가 긍정적으로 생각하라고 말하지 않았어? 그리고 그걸 못 하겠으면 제발 부탁인데 최소한 다른 사람들도 전부 절망시키지는 말아 줄래?"

"알았어요, 알았어, 미안해요, 습관이라."

리프가 사과하다가 갑자기 눈을 크게 뜨고 말을 멈추었다.

"잠깐! 나 어디서 소금 가져올 수 있는지 알아!"

알렉시스와 할머니는 놀라서 서로 쳐다보았다. 리프는 흥분을 참지 못하고 펄쩍펄쩍 뛰기 시작했다.

"생선 오줌!"

리프가 웃음을 터뜨렸다. 할머니의 얼굴에 검은 그림자가 서렸다.

"멍청한 농담으로 모두의 시간을 낭비해도 된다는 뜻은 아니었어! 지금 같은 때는 더더욱!"

알렉시스는 킥킥 웃기 시작했다.

"할머니! 리프가 맞아요! 할아버지가 해 주신 얘기를 리프한테 들려준 적이 있는데, 그걸 말하는 거예요! 앙-웅알로가 바다를 짜게 만든 얘기요!"

할머니가 당황해서 말을 멈추었다. 그리고 할머니는 갑자기 깨달은 것 같았다.

"그렇지!"

할머니가 외치고는 웃기 시작했다.

"바다! 소금을 바다에서 가져오면 돼!"

이제 알렉시스의 마음을 막고 있던 둑이 허물어졌고 다른 좋은 생각이 꽃피었다.

"그리고 리프가 맞아요. 이 섬에서 마법은 작동하지 않아요. 마법을 막는 방어막이 쳐져 있으니까요. **하지만** 리프, 전에 우종섬에서 도망쳐서 포털을 열고 우리 집으로 왔을 때 우선 노를 저어 바다로 나가서 방어막 반경에서 벗어났던 거 기억해?"

리프가 고개를 끄덕였다. 알렉시스가 숨차게 말을 이었다.

"마법이 이 섬 안에서는 작용을 안 하지만, 섬 밖에서는 작용한다면…."

할머니가 희망에 차서 양손을 비볐다.

"계속해라! 너 뭔가 괜찮은 생각을 해낼 것 같구나."

"무슨 말 하려는지 나 알아!"

리프가 기운차게 끼어들었다.

"그렇다면 마법은 이 섬 위에서도 작용할 거란 말이지!"

"그래! 섬 위 높은 곳이라면!"

알렉시스가 외쳤다.

"훌륭해! 이게 바로 팀워크라는 거야!"

할머니가 손뼉을 쳤다. 그러나 알렉시스는 할 말이 더 남아 있었다.

"그리고… 그리고… 나 어떻게 해야 소금을 하늘에 올릴 수 있는지 알아. 북두칠성을 깨뜨리거나 은하수를 다 쏟지 않아도 돼!"

29. 마지막 부탁

– 빠아아아아앗탓탓탓!

유메의 코 나팔이 경고 사이렌처럼 하늘 위에서부터 울려 퍼졌다.

유메는 전처럼 승객 세 명을 태우고 있었다. 수정병 안에서 두근두근 빛나는 반딧불이를 합친다면 네 명이다. 유메는 제 자리에서 거대한 날개를 펄럭이며 구름 위 하늘 높이, 아침 해가 다시 잘 보이는 곳에 떠 있었다. 이제 해는 하늘 꼭대기 정점에 다가가고 있었다.

시간이 빠르게 흘러간다.

"앞으로 최대 두 시간 정도야."

리프가 추정했다. 갑자기 하늘 전체가 귀청이 떨어질 듯 거세게 불어 대는 나팔 소리의 합창으로 진동했다. 마치 유메의 코 나팔 소리가 천국까지 메아리쳐서 천상의 스피커를 통해 증폭된 것 같았다.

– 빠아아아아아앗탓탓탓! 빠아아아아아앗!

– 빠아아아아아앗탓탓탓! 빠아아아아아앗!

"구조대가 온다!"

알렉시스가 외쳤다.

그리고 진짜로 그들이 왔다.

둘… 다섯… 열…. 이제 스무 마리의 바쿠들이 연기와 구름 아래에서 나타나 그들과 같은 높이로 올라왔다. 장엄한 날개를 펄럭이며 그들은 유메 주위에 원형으로 허공에서 대열을 만들었고 유메는 스포트라이트를 즐기며 자랑스럽게 가슴을 한껏 내밀었다.

이제 스물여섯 마리!

"친구들을 다 불러 줘서 너무너무 고마워, 유메!"

알렉시스는 유메의 머리를 껴안고 정수리에 입 맞추었다.

"이야아아아아아아!"

익숙한 목소리가 아래쪽에서 들려왔다. 그리고 똑같이 익숙한 머리가 —하얗고 덥수룩한 머리카락과 수염으로 턱까지 전부 뒤덮인 채— 구름 한쪽에서 튀어나왔고 삐삐 마른 몸까지 곧 완전히 드러났다.

산의 노인, 셴이다!

셴은 거대한 검은색 털북숭이 바쿠의 등에 타고 있었다. 바쿠의 크기와 나머지 무리가 보이는 존경의 태도, 검은 바쿠의 오만한 태도로 보아 알렉시스는 이쪽이 무리의 왕이라고 짐작했다. 셴과 검은 바쿠는 원형 대열의 한가운데 참여해서 유메 옆으로 날아왔다.

그리고 그들은 할머니에게 고개 숙여 인사했다. 이어서 주위를 둘러싼 나머지 스물다섯 마리 바쿠들도 모두 정확하게 따라 했다. 할머니도 고개를 끄덕여 인사를 받았다.

유메와 검은 바쿠까지 다 합쳐서 최종적으로 바쿠는 전부 스물일곱 마리였다!

"유메, 너의 메시지는 확실하고 선명하게 잘 받았다! 자, 나의 조그만 공주님, 이거야말로 너의 마지막 부탁을 활용할 적절한 방법이라고 생각해."

셴이 신나게 외쳤다.

"선생님이 이 섬에서 마법을 막는 방어벽을 걷어 주시질 않으니까 그것밖엔 생각해 낼 수가 없었어요!"

알렉시스는 그런 뒤에 일행을 전부 돌아보고 자기 목소리가 들리도록 좀 더 큰 소리로 말했다.

"다들 이렇게 도와주러 와 주셔서 감사해요. 겨울잠에서 깨자마자 전부 이렇게 끌어내서 정말 죄송하지만 할아버지를 구하려면 너무 시간이 없어서요."

알렉시스는 일행에게 자기 계획을 설명했다.

설명이 끝나자 셴이 길게 휘파람을 불었다.

"와우, 살짝 좀 지나친 게 아닐까 싶은데 ―네가 나의 다섯 번째 시험을 통과할 때처럼 말이다― 하지만 인상적인 극적 효과에는 만점을 주지. 네 스타일 맘에 든다!"

알렉시스가 미소를 지었다.

"대박 아니면 쪽박이죠, 맞죠?"

셴이 눈을 찡긋했다.

'이제 본격적으로 시작할 때야.'

알렉시스는 주위를 둘러싼 날아다니는 동물들을 바라보았다. 길게 숨을 들이쉰 뒤에 알렉시스는 주먹을 높이 들고 온 힘을 다해 외쳤다.

"비 내리게 할 준비됐나요?"

코 나팔 소리의 교향악이 알렉시스에게 대답하며 울려 퍼졌다.

***

"제자리… 준비… 가자!"

알렉시스는 목이 쉬도록 고함쳤다.

"다이브, 유메, 다이브!"

"이야아아아아아아아하아아아아아아아!"

셴이 명백히 즐거워하며 다시 외쳤다.

– 휘이이이이이이이이익!

– 휘이이이이이이이이잇!

– 후슈슈슈슈슈슈슈슈!

바쿠 무리 전체가 마치 보이지 않는 길을 따라 전속력으로 돌격하는 광란의 들소 떼처럼 머리부터 아래로 돌진했다.

아래로, 아래로, 아래로, 그들은 선두에 선 유메를 따라 구름과 안개와 연기를 휙휙 지나치며 비명을 지르는 쿠데라 떼를 지나 가려진 산을 내려갔다.

– 휘이이이이이이이이익!

– 휘이이이이이이이이잇!

– 후슈슈슈슈슈슈슈슈!

순식간에 그들은 바다 표면에 도달했다.

"마셔, 유메, 마셔!"

그리고 유메는 마셨다. 코로 빨아들일 수 있는 최대한 바닷물을 빨아들인 것이다. 다른 모든 바쿠들도 똑같이 했다.

"잘했어! 준비됐어?"

알렉시스가 유메 머리의 북슬북슬한 털을 쓰다듬었다. 유메가 단호하게 고개를 끄덕였다. 알렉시스는 주위를 둘러보았다.

"다들 준비됐어요?"

주위의 바쿠 무리는 코 안을 바닷물로 꽉 채워서 코 나팔을 불 수 없었기 때문에 전부 고개를 끄덕였다.

"이제 위로, 위로 멀리 가자!"

그리고 그들은 날아올랐다! 반딧불이 수정병이 길을 밝히는 가운데 그들은 천상을 향해 불을 뿜으며 출격하는 로켓처럼 다시 하늘로 치솟아 날아갔다.

위로 계속해서 그들은 날았다. 몇 겹이나 쌓인 검은 연기 장막을 뚫고 비명을 지르는 그림자들을 헤치고 날아갔다. 그들 앞에 있던 수십 마리의 쿠데라들은 이리저리 갈팡질팡하며 날아오는 바쿠들을 피해 할 수 있는 한 빨리 달아났다.

유메는 입을 크게 벌리고 즐겁게 쿠데라를 잡아먹었다. 코 안에 바닷물이 가득 들어 있는데도 이 커다란 동물은 여전히 멋지게 입을 여닫고 씹을 수 있었던 것이다.

"비행 중에 제공하는 간식이 맛있나 봐요!"

알렉시스는 나머지 일행에게 농담을 하지 않을 수 없었다.

그러자 반쯤 먹힌 쿠데라들의 연기와 재 덩어리가 알렉시스의 목구멍으로 날아들었다. 알렉시스는 숨이 막혀 캑캑거렸다.

놀라고 어지러워서 알렉시스는 한순간 유메가 아니라 자신이 바닷물을 들이켠 것 같은 기분이 되었다.

그 뒤로 알렉시스가 기억하는 부분은 불규칙한 스톱모션 애니메이션처럼 흩어지고 끊어진 이미지들이 제각각 번쩍거리며 나타났다 사라지던 것이었다.

유메의 털을 놓친 것….

할머니와 리프의 공포에 질린 비명 소리….

그런 다음에는… 그냥 떨어졌다….

그렇게 떨어지고…,

그러다 어둠이 덮쳐 왔다.

30. 눈물의 씨앗

알렉시스는 눈을 뜨고 자신이 회색 액체 연기 웅덩이 속에 떠 있는 것을 깨달았다. 흐릿한 그림자의 바다, 견딜 수 없는 공허함, 슬픔과 완전한 절망이 파도처럼 밀려오고 또 밀려와 물결치며 알렉시스를 덮쳐 아래로 끌고 내려갔다.

'숨을 못 쉬겠어… 공기가 없어…'

떨어지고, 떨어진다. 알렉시스는 파도 아래로 떨어지고 있었다. 그리고 목소리가 들렸다.

"희망이 없어… 포기해…."

"그러면 쉬워… 그냥 내려놔…."

표면이 점점 더 멀어져 갔다.

흔들리는 빛이 약해지고… 약해져서… 깜빡이며 사라졌다.

"네 할아버지는 이제 없어. 그래서 뭐? 괜찮아."

"할아버지의 이야기도 어차피 별로 안 좋아했잖아…."

"아냐!"

알렉시스는 비명을 질렀다. 안개가 허파를 가득 채웠다.

"할아버지는 늙고 재미없었어…. 항상 지루하게 떠들어 대서 짜증만 났지…."

"그만해! 하, 하…할아버지! 도와줘요!"

알렉시스는 쿨럭거리며 숨을 쉬지 못했다.

"알렉시스? 나 여기 있다! 스…사…살려 줘, 알렉시스!"

익숙한 목소리가 외쳤다.

'할아버지?'

"살려 줘!"

그리고 알렉시스는 할아버지를 보았다. 아래에 있었다. 가라앉는다…. 소용돌이 속으로!

"할아버지!"

"도와줘! 나… 빠…빠져 죽는다!"

알렉시스는 최대한 아래쪽으로 팔을 뻗었다.

"아…안 닿아요! 못 하겠어요."

할아버지는 소용돌이 안으로 점점 더 깊이 빠져들기 시작했고 결국 팔 밖에 보이지 않게 되었다.

"할아버지."

알렉시스는 아무것도 하지 못하고 울었다.

"할아버지를 또 잃을 수는 없어요!"

할아버지의 머리가 다시 나타났다. 그러나 이번에는 얼굴이 분노로 덮여 있었다.

"넌 할 수 있어. 네가 날 이렇게 만들었잖아!"

"네? 아니에요!"

알렉시스는 숨이 막혔다.

"네가 날 끌어들였어. 네가 그 집을 망가뜨렸어."

"실수였어요!"

"네가 그 케니트가 내 탓을 하게 내버려뒀어. 네가 빠져 죽는 나를 내버려뒀어. 네가 날 여기 가둔 거야, 이 감옥에…."

"그건 사실이 아니에요, 거짓말이에요…."

알렉시스는 연약하게 훌쩍거렸다. 허파 안의 공기가 점점 빠져나갔다.

"아냐, 네가 날 이렇게 만들었다. 의자에 묶어 놨어. 침대에서 나가지 못하게 했어. 날 머릿속에 가둬 놨어. 내 머릿속에서 나가지 못하게 만든 거야."

"죄송해요, 정말 정말 죄송해요…."

할아버지는 다그치는 듯한 선명한 혐오의 표정으로 알렉시스를 쳐다보았다.

"이제 난 그냥 불구자야, 아무 쓸모없이 썩어가는 식물인간이야. 네가 이제 날 쫓아내고 내다 버리겠지."

"아니에요! 그만! 그만하세요! 전 할아버지가 필요해요. 할아버지가 필요해요. 전… 전… 할아버지를 사랑해요…."

"난 네가 밉다…. 네가 날 여기 가뒀어…. 여기 이 감옥에…."

할아버지는 휘몰아치는 파도 아래로 가라앉았다.

"제발, 돌아오세요…. 제발…."

알렉시스가 훌쩍거렸다. 그리고 눈을 감고 울고 또 울었다.

'어떻게 그런 말씀을 하실 수가 있지?'

알렉시스는 고개를 저었다. 숨 쉬기도, 생각하기도 너무 힘들었다. 주위에서 너무 많은 목소리들이 알렉시스를 부르고 있었다.

"포기해, 내려놔. 할아버지는 없어졌어. 잘된 일이지."

다시, 또다시.

"아냐!"

알렉시스는 비명을 질렀다.

"닥쳐! 저건 할아버지가 아니야!"

'저건 내가 아는 할아버지가 아니야. 내가 아는 할아버지는 절대로 날 끌어내리지 않을 거야.'

알렉시스는 열정적으로 기도했다.

'할아버지가 필요해요. 구해 주세요, 제발. 어디 계시든 저를 도와주세요.'

공기가 없다…. 콜록콜록.

알렉시스는 정신을 잃기 시작했다. 이제 어둠은 거의 절대적이었다. 그러다가, 속삭이는 소리가 멀리, 그 영원한 어둠 너머 어딘가에서 들려왔다.

"야, 새싹! 마오리들의 말을 듣는 것에 대해서 내가 뭐라고 했지?"

'어? 마오리가 뭐?'

가라앉고 가라앉는다. 저 아래에는 짙은 그림자와 어둠뿐이었다.

'할아버지! 마오리가 뭐라고 했는데요?'

대답이 없다. 귀가 먹먹한, 슬프디 슬픈 침묵뿐이다. 그리고 알렉시스는 떠올렸다.

'해를 향해 고개를 돌리면… 그림자는 네 뒤로 숨어 버린다….'

온 힘을 다해서 알렉시스는 팔을 펼쳐 위로, 그리고 아래로 퍼덕거렸다. 기운이 빠져나가는데도 알렉시스는 안쪽으로, 바깥쪽으로 발차기를 했다.

'가야 해. 빛 쪽으로!'

조금씩 조금씩 더 가까이 갈수록 알렉시스는 열심히, 더 열심히 애썼다. 그러나 고통스럽게 헤엄치고 밀어내도 물은 단단해지고 휘몰아치며 접착제처럼 끈끈하게 변했다.

바로 몇 뼘 거리에서 알렉시스는 더 이상 움직일 수 없게 되었다. 알렉시스는 다시 돌처럼 가라앉기 시작했다.

갑자기 표면에서 뭔가 뚫고 내려왔다.

팔!

그것은 아래로 뻗어 와서 알렉시스를 붙잡았다!

"알렉시스!"

친숙한 목소리가 울리고 정신없이 이름을 부르며 알렉시스를 허공의 추락에서 끌어내어 따뜻하고 친근한 털북숭이 표면으로 당겨 올렸다.

"일어나!"

'헉!'

알렉시스의 입술이 벌어졌고 알렉시스는 절박하게 공기를 들이마셨다. 허파가 산소로 가득 찼다.

'다시 숨을 쉴 수 있어!'

알렉시스는 눈을 떴지만 갑작스러운 밝은 빛에 눈이 부셔서 순간 앞이 보이지 않게 되었다. 알렉시스는 다시 눈을 질끈 감고 계속 필사적으로 숨을 들이쉬면서 캑캑 기침을 했다.

'공기다, 달콤하고 달콤한 공기!'

"네가 갑자기 유메를 놓더니 떨어져 버렸어!"

할머니의 얼굴은 백지장처럼 창백했다.

"다행히 유메가 바로 내려갔고 내가 널 잡을 수 있었으니 망정이지 안 그랬으면…."

할머니의 목소리가 끊어졌다.

"안 그랬으면 넌 팬케이크가 됐겠지!"

리프가 당황해서 끼어들었다.

"대체 어떻게 된 거야? 넌 인간이지 요정이 아니라는 사실을 까먹기라도 한 거야? 넌 날 수 없다고!"

알렉시스의 세상이 뒤집히고 빙빙 돌았다.

"쿠…쿠데라 연기… 좀 들이마셨어…."

"이젠 안전해. 쿠데라들도 충분히 멀리 있고."

할머니가 장담했다. 할머니는 손녀를 꼭 껴안았다.

"널 잃어버리는 줄 알았다."

"전 괜찮아요, 할머니. 이젠 괜찮아요."

알렉시스의 구역질도 가라앉기 시작했다.

알렉시스는 조심스럽게 눈을 떴다. 주위가 굉장히 밝았다!

햇빛!

"여…여기 어디예요?"

알렉시스가 물었다. 알렉시스는 마음이 희망으로 가득 차는 것을 느꼈다.

"벌써 연기를 걷으셨어요?"

"아니, 하지만 곧 할 거다! 우리는 다시 구름 위로 올라왔어. 섬 하늘 위 높은 곳으로."

눈이 햇빛에 익숙해지고 나서 알렉시스는 주위를 둘러보았다. 맑고 파란 하늘, 그리고 여기저기에 포슬포슬한 하얀 구름이 아주 많이 있었다!

초콜릿케이크 위에 올린 생크림처럼, 거대한 솜덩어리가 아래쪽 검은 연기 위에 올라앉은 듯 보였다.

"저 이제 괜찮아요, 할머니."

알렉시스가 머릿속에 마지막 남은 절망의 조각들을 떨쳐내며 장담했다.

"우리 구름 보러 가요."

그 말과 함께 유메가 거대한 날개를 펄럭여 셴과 다른 바쿠들이 기다리는 곳으로 다시 방향을 잡았다.

셴은 걱정스러운 얼굴이었다.

"너 때문에 엄청나게 걱정했잖아, 알렉시스!"

"전 괜찮아요. 그냥 악몽… 낮 악몽이었어요."

알렉시스의 귀가 빨개졌다.

"리프, 우리 시간은 얼마나 남았어?"

리프가 위를 쳐다보았다.

"정오까지 한 시간 조금 넘게 남았어!"

그가 소리쳤다. 해가 하늘 꼭대기에 곧 도달하려 하고 있는 것이 보였다.

'일을 끝내야 돼.'

"높이! 우리 더 높이 올라가야 돼! 구름 위로 한참 더!"

알렉시스가 독촉했다. 그래서 거대한 바쿠 무리가 거대한 날개를 펄럭이며, 신화 속 날개 달린 말 페가수스 떼처럼, 그러나 페가수스보다 더 크고 검고 털북숭이인 모습으로 날아올랐다.

높이, 더 높이, 그들은 공기가 희박해져 숨을 쉬기 힘들어질 때까지 날아 올라갔다. 이제 반딧불이의 빛도 깜빡거리기 시작해서 마치 병 안에서 기침하는 것 같았다.

그리고 이제 그들은 해를 볼 수 있을 뿐만 아니라 해가 내뿜는 태울 듯한 열기도 충만하게 느낄 수 있었다. 저물어 가는 달이 거의 바다에 심겨졌지만 그래도 아직 수평선 위에 조금 보였다. 그들 밑에는 구름 아래로 살짝살짝 보이는 까만 연기 덩어리가 초콜릿푸딩처럼 섬 주위에 뭉쳐 있었다.

"시작하자!"

할머니가 선언했다.

"리프, 셴, 준비됐죠?"

"예, 공주님."

리프가 고개를 끄덕였다.

"지휘하시지요, 공주님!"

셴이 동의했다.

할머니는 바쿠 떼를 바라보았다. 바쿠들은 셴의 명령에 따라 이제 공중에서 반원을 만들었다.

"모두 준비해요. 내가 신호하면 있는 힘껏 불어요!"

바쿠들이 코를 높이 들고 고개를 끄덕였다. 알렉시스는 갑자기 틱, 틱, 소리와 펄럭이는 소리를 들었다. 알렉시스는 몸을 돌렸다. 할머니 등의 날개가 떨리더니 펄럭이기 시작했다!

"할머니! 날개요! 날개가 움직여요! 다시 날 수 있게 되신 거예요?"

"어떻게 하는 건지 아직 기억했으면 좋겠다!"

할머니는 확 떠올라 비틀거리며 날아가다가 알렉시스의 등을 가볍게 들이받았다.

"아이구, 미안하다. 아직은 좀 서투르네!"

잠시 후 할머니는 능숙하게 날기 시작해서 빙글빙글 돌면서 허공으로 솟아올랐다.

"자전거 타는 거랑 비슷한 것 같아. 완전히 잊어버리지는 않는 모양이야!"

알렉시스는 눈을 뗄 수가 없었다.

'저게 우리 할머니야!'

넋 나간 웃음이 알렉시스의 얼굴에 내내 떠올라 있었다.

'우아.'

할머니는 우아하게 미끄러지듯 멀리 날아오르더니 몸을 돌려 알렉시스를 향해 허공 한자리에 떠 있었다.

할머니가 신호하자 셴이 —여전히 장엄한 검은 바쿠를 탄 채로— 마찬가지로 바깥으로 날아올라 할머니와 리프와 함께 하늘에 커다란 삼각형을 만들었다.

할머니는 그들에게 고개를 끄덕인 뒤에 손가락을 돌리기 시작했다. 그들도 똑같이 따라 했다.

분홍색 빛이 손가락에서 피어올랐다.

셋은 눈을 감고 깊이 정신을 집중하며 허공에 점점 더 작은 원을 그렸다. 손가락을 빠르게 움직일수록 분홍색 빛도 더 강하고 밝게 빛났다.

할머니가 눈을 떴다. 다른 손으로 할머니는 바쿠들을 가리 켰다.

"준비이이이…."

알렉시스는 유메가 입을 열고 깊은숨을 기이이이이일게 들이마시는 것을 보았다.

그들의 손가락이 점점 더 빨리 동글동글 원을 그렸다. 손가락 위의 분홍색 빛이 불꽃이 되더니 탁탁 튀기며 타오르기 시작했다.

유메는 들이마실 수 있는 한껏 공기를 들이마신 뒤에 코를 조금 안으로 말았고, 나머지 바쿠들도 똑같이 했다.

할머니와 리프와 셴은 더욱더 빠르게 동글동글 손가락을 돌렸고, 분홍색 불꽃은 커다랗고 새빨간 불덩어리가 되어 타 올랐다.

'불쌍한 유메가 숨을 참다 못해 초록색이 돼 가고 있어!'

세 개의 불덩어리가 모두 불타는 돌풍이 되어 휘몰아쳤다.

"조주우운…."

스물일곱 개의 대포처럼 바쿠들이 일제히 코를 곧게 펴서 대각선으로 위를 가리켰다.

"뿜어!"

할머니가 소리쳤다.

바쿠들은 온 힘을 다해 바닷물을 뿜으며 코를 불었다!

코에서 여러 개의 물줄기가 뿜어 나와 위로 솟아오르더니 하늘에서 서로 합쳐졌다.

그러고 나서 마치 시간 자체가 얼어붙은 듯 물줄기는 공중에서 멈추어, 날아다니는 해파리처럼 보이는 거대한 물풍선이 되었다.

그리고 물풍선은 반대로 움직여 아래로, 아래로, 아래로 떨어지기 시작했다.

"발사!"

할머니가 양팔을 아래로 내려 손안의 불타는 회오리를 떨어뜨렸다. 불꽃은 내려가면서 더욱 커졌고 거대한 물 덩어리를 향해 곧바로 떨어졌다.

리프와 셴의 불덩어리도 잠시 후에 뒤따라 내려갔다.

거의 동시에 이 세 개의 불덩어리가 엄청나게 커다란 물에 부딪쳐 완전히 감쌌다.

불이 물을 만나고, 물이 불을 만났다.

그리고 마치 오랫동안 보고 싶었던 연인들처럼 불과 물은 따뜻하게 서로 껴안으며 굉장한 속도로 떨어져 내렸다.

아래로, 아래로, 아래로 이 불운한 연인들은 떨어졌다.

아래로, 아래로, 아래로.

그리고 폭발했다.

콰아아아아아아아앙!

은하수 옆의 거대한 냄비를 산산조각으로 부수는 일랴파의 투석기처럼.

번개와 천둥처럼.

불꽃놀이처럼, 그 덩어리는 폭발해서 수백만 개, 수억 개의 수정 같은 조각으로 부서져 봄의 햇빛 속에 반짝였다.

수백만 개, 수억 개의 가루가 되어 그 조각들은 스노글로브 안의 반짝이처럼 아래쪽 구름을 향해 떨어져 내렸다.

소금.

눈물의 씨앗.

31. 봄의 첫 번째 꽃

구름에 씨앗을 뿌리기 위해 할 수 있는 일을 다 했기 때문에 이제 하늘 농부들에게 남은 일은 소금 씨앗이 뿌리를 내리기를 기다리면서 하늘에서 눈물 수확이 풍성하기를 기도하는 것뿐이었다.

서로 고마워하며 따뜻하게 앞으로의 행운을 빌어 준 뒤에 산의 노인 셴은 떠났고, 그와 함께 나머지 바쿠 무리도 집으로 돌아갔다.

얼마 지나지 않아, 유메가 우아하게 땅으로 내려앉은 뒤에 할머니와 알렉시스와 리프는 다시 안전하게 단단한 땅을 딛고 서게 되었다. 그리고 잠시 후에는 시들어가는 꽃 옆에 돌아와 있었다.

패배해 가는 전투에 지친 병사가 군모를 쓴 고개를 숙이듯
이 꽃줄기는 가라앉기 시작했고 꽃봉오리는 깊이 고개를 숙
이고 있었다.

가려진 산의 꼭대기에서 공기는 여전히 짙은 연기였고, 그
때문에 답답하고 어두웠다.

아무것도 변하지 않았다. 가짜 밤은 아직도 지나가지 않은
것이다.

그러나 이제 그들이 할 수 있는 일은 아무것도 남지 않았
고 어떤 일이든 할 수 있는 시간도 없어서 그저 기다리는 수
밖에 없었다. 알렉시스는 평생에 가장 긴 일 분 일 초를 버티
며 기다려야 했다.

그저 앉아서.

기다리고.

기도하고.

'제발. 제발 잘돼라.'

알렉시스는 온 마음을 다해 빌며 애원하는 눈으로 하늘을
쳐다보았다.

'제발, 할아버지가 꼭 돌아와야 해요. 할아버지 이야기가
그립다고 말씀드려야 한단 말이에요. 앞으로 이야기를 더 많

이, 많이 듣고 싶다고 말이에요.'

계속 위를 쳐다보고 있을 때 뭔가 작고 차가운 것이 알렉시스의 이마를 때렸다. 깜짝 놀라서 알렉시스는 손가락을 들어 이마를 만져 보았다. 그리고 무언가 묻어난 손가락을 눈앞으로 가져다 댔다.

아무것도 없다.

아니다, 그저 맑은 수정 같은 작은 물방울이 손가락에 매달려 있을 뿐이다.

눈물. 하늘에서 떨어지는.

갑자기 홍수 같은 물결이 쏟아졌다. 처음에는 가랑비였다가 소나기가 되었다. 그리고 폭우가 쏟아졌다.

"비다!"

모두 한꺼번에 소리쳤다.

"비 온다!"

할머니가 기뻐하며 다시 외쳤다. 리프가 경중경중 뛰었다.

"생선 오줌이 효과가 있었어!"

한 방울, 한 방울씩 빗방울이 연기를 먹어 치웠다. 한 방울, 한 방울씩 비가 하늘에 덮인 검은 커튼을 찢어 냈다. 그리고 조금씩, 한 줄씩, 햇빛이 그 찢어진 솔기 사이로 천천히 비치기 시작했다!

– 끼아아아아아아아아아아아!

쿠데라들이 폭우를 피하지 못하고 녹아 재와 먼지가 되어 흩어지면서 날카로운 손톱 여러 개가 한꺼번에 칠판을 긁는 것 같은 고통에 찬 비명과 악다구니를 지르는 소리가 선명하게 들려왔다.

"됐다! 비가 안개와 연기 말들을 씻어 내고 있어!"

알렉시스가 외쳤다. 햇빛이 한 줄기씩 비쳐 내릴 때마다 알렉시스는 마음이 따뜻해지는 것을 느꼈다.

"자 그럼, 이게 나의 비 춤이다!"

리프가 움찔움찔 몸을 움직이기 시작했다. 바위족 비리가 어둠에 대한 두려움을 극복한 뒤에 추던 춤과 비슷했다.

부드러운 아침 햇살이 닿자 알렉시스의 손에 있던 수정병이 그 빛을 수백 배로 확대하고 증강해서 피지 않은 꽃에 고스란히 햇빛을 반사했다.

수정병이 꽃 위로 경기장 조명처럼 햇빛을 환하게 비추어 준 덕분에 꽃봉오리가 최고로 강렬하게 응축된 햇빛을 받을 수 있었다!

마치 깊은 잠에서 깨어난 듯 연약한 줄기가 천천히, 그러나 확실하게 지친 고개를 들기 시작했다. 전투의 흐름이 바뀌기 시작했고 군인은 사기를 되찾아 다시 한번 싸울 기운을 얻은 것이다.

'됐어! 효과가 있어!'

"꽃이 핀다!"

할머니가 외쳤다.

"네 생각이 맞았어! 네가 하늘에서 연기를 걷어 냈어!"

리프가 기묘하게 움찔거리며 알렉시스 주위를 돌면서 계속 춤을 추었디.

'재미있는 친구야.'

알렉시스는 얼마 전까지만 해도 리프에 대해 원했던 단 한 가지가 목을 졸라 버리는 일이었다는 사실을 믿을 수가 없었다. 알렉시스는 리프를 붙잡았다.

"아냐, 리프, 우리가 한 거야."

처음 만난 그날 밤처럼 알렉시스는 리프가 창백해질 지경으로 꽉 껴안았다.

다만 이번에는 알렉시스의 손가락이 리프의 목을 감고 있는 게 아니라, 팔이 어깨를 감싸안은 상태였다.

"우리가 정말로 해냈어."

할머니가 리프와 알렉시스를 보며 다정하게 미소 짓고 다가와 둘을 껴안았다. 심지어 유메도 무거운 몸으로 다가와 세 명 사이에 끼이들이 모두 다 시로 껴안고 축하했다.

갑자기 알렉시스가 깜짝 놀랐다. 또 하나 감사해야 할 누군가를 잊고 있었던 것이다.

'KC! 이런 세상에! 수정병 안에서 햇빛을 너무 받아서 타 버린 건 아니겠지?'

알렉시스는 재빨리 병을 그늘로 가져가서 확인했다.

반딧불이는 마법 유리가 보호막처럼 열과 냉기를 막아 주어 평화롭게 쉬고 있었다. 꼬리 불이 밤새 훌륭하게 일하고 마침내 꺼져서 드디어 쉴 수 있게 된 것이다.

'휴, KC는 괜찮구나.'

이것이 할아버지가 구해 준 못생기고 무기력한 벌레였다. 그 벌레가 밤이 가장 어둡고 봄은 가장 멀리 있는 것처럼 느껴질 때 그들에게 희망을 가져다준 것이다.

'작은 존재들의 힘을 믿어라, 새싹아. 가끔은 우리 중에서 가장 약한 것이 가장 강할 때도 있단다.'

─ 빠빠아아아아아아아아아앗!

기운찬 승리의 울음소리가 하늘을 채웠다. 유메가 코를 들어 모두에게 한 곳을 가리켜 보였다. 그들은 쏟아지는 비가 눈으로 들어가지 않게 손을 들어 가린 채 저 높은 하늘을 올려다보았다.

저기, 위쪽 높이, 해가 떠 있었다! 해는 눈부신 등대처럼 순수한 빛을 쏟아부으며 새벽을 예고하는 하늘의 전령처럼 번쩍번쩍 불탔다.

마침내 산꼭대기 전체가 햇빛을 흠뻑 받았다. 그림자는 모두 섬에서 도망쳤고 그와 함께 연기와 안개도 사라졌다.

마침내 봄이 찾아온 것이다! 그들은 봄을 황금 햇빛 속에서 느낄 수 있었고, 녹아내리는 눈에서 볼 수 있었고, 신선한 공기 속에서 냄새 맡을 수 있었으며, 저 멀리 섬 전체에서 잠에서 깨어 움직이는 생물들의 소리를 듣고 알 수 있었다.

리프가 의기양양하게 얼굴을 빛내며 모두를 둘러보았다. 그리고 갑자기 큰 소리로 외쳤다.

"이야, 저기 봐!"

모두 고개를 돌렸다. 산 옆에서 다채로운 색깔의 초승달 모양 띠가 하늘을 가로질러 뻗어 나왔다. 모두 한꺼번에 숨을 죽였다.

'무지개다!'

무지개는 태양이 흠뻑 입 맞춘 하늘에 기운차게 반원을 그리며 폭풍의 끝을 예고했다. 새롭게 태어나는 희망을 상징하는 것 같았다.

'태양조차도 진짜 모습을 완전히 드러내려면 비가 필요하지.'

알렉시스는 마음속에서 할아버지의 목소리를 들었다.

할머니가 리프와 알렉시스를 툭툭 쳤다. 무지개의 아름다움에 취한 나머지, 모두들 뒤에 있는 식물에 대해서는 거의 잊어버렸던 것이다!

꽃줄기는 이제 꼿꼿했고 꽃봉오리가 하늘을 향해 고개를 들고 있었다.

조금씩 조금씩 꽃봉오리가 열리기 시작하더니 꽃잎이 모습을 드러냈다.

모두 다시 조용히 숨을 죽인 채 꽃의 탄생을 바라보았다.

지금 이 순간 난쟁이족의 마법 수정병보다도 찬란하게 빛나는 기적이 눈앞에서 펼쳐지는 모습을 그들은 그저 경이감에 차서 보고 있었다.

그리고 다음 순간, 꽃이 있었다.

활짝 피어 화사하게 아름다운 모습으로.

할머니가 알렉시스의 손을 들어 뽀뽀한 뒤 꼭 잡았다.

그들 앞에, 모든 왕들의 왕처럼 고개를 높이 들고, 새로운 계절의 시작에 핀 봄의 첫 번째 꽃이 있었다.

알렉시스는 숨을 몰아쉬었다.

알렉시스는 적당한 말을 찾기 위해 숨을 몰아쉬면서 어쩔 줄 모르는 표정으로 할머니를 쳐다보다가 간신히 두 마디를 끄집어냈다.

"할아버지가, 또…."

왜냐하면 그 꽃은 푸른 난이었기 때문이다.

알렉시스의 세상이 전부 뒤집혀 버리기 전에 '사무실'에서 할아버지가 말했던 진짜 푸른 난꽃이었다.

그리고 여기 그 푸른 난이 할아버지가 말했던 것과 똑같이 서 있었다.

무지개 다리 위에.

32. 집에 돌아오는 날

푸른 난꽃과 그 안에 있는 감로를 얻고 나서 세 명은 다시 박수 치고 환호하며 서로 껴안았다.

알렉시스가 느낀 안도감과 기쁨은 곧 약간의 슬픔으로 바뀌었다. 그리고 알렉시스는 지켜야 할 약속이 있다는 것을 기억했다.

알렉시스는 수정병을 눈높이로 들어 올렸다. 반딧불이는 병을 타고 오르며 부드럽게 맥박 치면서 다시 깨어나 있었다. 알렉시스는 입술을 오므려 병에 뽀뽀했다.

"자, KC. 이제 너하고 작별할 때가 왔어. 봄이 오면 놓아주겠다고 맹세했으니까, 맞지?"

알렉시스는 천천히 병마개를 열었다.

"셴 선생님이 이 섬은 반딧불이로 가득하다고 했었지. 너도 여기가 마음에 들 거야!"

반딧불이는 좁은 병목을 조심스럽게 기어올라 입구에서 마치 작별 인사를 하듯이 잠깐 멈추었다. 날개를 펼치면서 KC는 엉덩이를 흔들었고 그러자 빛이 몇 번 반짝였다. 그리고 다음 순간 반딧불이는 허공에 떠올라 날아가 버렸다.

알렉시스는 자신이 원하지 않았던 반려 벌레가 사라지는 모습을 생각에 잠겨 가만히 지켜보았다.

"네가 작별 인사를 했다고 할아버지께 전해 드릴게."

알렉시스가 속삭였다. 할머니가 알렉시스의 어깨를 안아 주었다. 할머니는 유달리 지쳐 보였다.

"이제 우리가 떠나야 할 차례야. 계속해서 작별 인사를 해야 할 거다. 첫 번째로, 옴바크족 배로 돌아가야 해."

셋은 돌아가면서 거대한 유메를 타고 갔다. 알렉시스가 유메 위에 올라타자마자 유메는 커다란 입을 벌려 크고도 날카로운 소리로 하품을 했다. 유메에게는 길고도 힘든 밤이었던 것이다. 알렉시스는 유메의 턱 밑을 간질여 주었다.

"아주 조오오오오금만 더 버텨 줘, 유메야. 금방 자러 가게 해 줄게!"

유메는 눈을 감고 고개를 끄덕였다. 유메는 날개를 펼쳐 퍼덕여서 빠르게 달려 조그만 섬을 가로질렀고, 곧 그들은 모두 하늘에 떠오르게 되었다. 유메는 포물선을 그리며 날아올라 마치 세 명에게 높이 솟은 산등성이와 아래에 펼쳐진 섬의 풍요로운 풍광을 마지막으로 한 번 보여 주려는 듯 산 주위를 우아하게 돌았다.

이전에는 눈과 진창으로 덮여 있었으나 이제 땅에는 녹색, 노란색, 갈색 부분들이 나타나기 시작했다.

공기에서는 아직도 비가 남기고 간 달콤한 이슬 향기가 풍겨 왔다. 봄의 향기다.

멀리서 포효가 들렸다. 바닷물이 세상의 가장자리 너머로 쏟아지며 거대한 바다낭떠러지가 계속해서 울부짖었다. 엄청나게 커다란 하얀 커튼이 그보다 더욱 커다란 무대 위로 닫히며 알렉시스의 믿을 수 없는 모험이 이제 끝났다는 표시를 해 주는 것 같았다.

유메는 계속 날아갔고 가려진 산이 그들 뒤로 사라졌다. 유메는 미끄러지듯 날아 섬의 초승달 모양 해변을 지났고 그 해변 앞에 거대한 옴바크족 배가 정박해 있었다. 처음에는 검은 점처럼 보였지만 배는 점점 커졌고, 마침내 유메는 배 앞 갑판에 부드럽고 능숙하게 내려앉았다.

옴바크 선원들은 미리 유메가 날아오는 것을 보고 모두 갑판에 나와 그들을 성대하게 환영했다.

유메는 알렉시스와 할머니와 리프가 등에서 내려오기 편하게 무릎을 꿇었다. 유메의 발이 나무 갑판에 닿자마자 알렉시스는 내려서 유메 얼굴 앞으로 달려갔다. 그리고 유메의 눈 아래 두터운 갈색 털에 얼굴과 팔을 묻었다.

– 이렇게 안아 준 것만으로도 난 저 높은 하늘로 날아갈 것 같아요, 조그만 공주님!

알렉시스는 볼에 흘러내린 눈물을 닦으며 웃었다.

"아, 유메, 벌써 거기까지 날아올랐다 왔잖아!"

갑자기 알렉시스는 깜짝 놀랐다.

"잠깐. 유메! 그거 너였어? 네가 말한 거야? 아니면 내가 그냥 상상한 거야?"

– 난 언제나 말을 할 수 있었어요, 조그만 공주님. 공주님이 내 말을 듣는 법을 방금 배운 것뿐이에요!

알렉시스는 자기도 모르게 흐느껴 울었다.

"아아아, 유메. 도와줘서 너무너무 고마워. 네가 없었으면 아무것도 못 했을 거야. 나중에 꼭 다시 만났으면 좋겠어."

– 저도 그래요, 나의 작은 공주님. 여러분을 도와드릴 수 있어서 저야말로 너무나 영광이었어요.

알렉시스는 힘껏 유메를 껴안았다.

"아아, 유메. 너무 보고 싶을 거야. 나 잊어버리면 안 돼, 알았지?"

유메는 거대한 날개로 알렉시스를 휘감았다.

— 아, 나의 작은 공주님. 이런 말 들어 본 적 없어요? 코끼리는 절대로 잊지 않아요….

그리고 유메는 일어섰다. 몸을 돌려 할머니를 바라보았고, 돌아설 때 긴 꼬리로 장난스럽게 리프를 탁 치는 것도 잊지 않았다. 여기에 대한 대답으로 리프도 살짝 유메를 두드렸다.

"네 얼굴에 달린 그 꼬리로 나한테 콧물 세례를 퍼부었는데 엉덩이에 달린 진짜 꼬리로 또 때리다니 말이야!"

알렉시스는 웃음을 터뜨렸다. 유메는 고개 숙여 인사했고 할머니도 고개를 끄덕여 답했다. 그리고 유메는 날개를 펼쳤다. 몇 걸음 달려 나가며 날개를 세게 펄럭여 유메는 다시 하늘 높이 날아올랐다.

알렉시스는 할머니에게 어깨를 안긴 채 배 난간에 기대서서 팔이 아플 정도로 흔들고 또 흔들었다. 유메는 마침내 산 뒤로 날아가 사라졌다.

"콜록!"

옴바크족 선장 살레가 큰 소리로 헛기침을 했다.

"어⋯. 감동적인 순간을 망칠 생각은 없지만 이동 수단 문제를 긴급하게 논의해야 하는데요."

"그래요? 무슨 일이죠, 살레?"

할머니가 물었다. 살레가 난처한 듯 발을 움직였다.

"어, 바쿠를 타고 날아오는 장엄한 등장이 굉장히 멋있었습니다. 그렇지만 제 기억에는 리프와 공주님이 처음에 섬에 오신 때 배를 타고 오셨던 것 같은데요. 저의 노 젓는 배 말입니다, 정확히 말하자면."

살레가 말을 잠시 멈추었다. 할머니는 리프를 바라보았고 리프는 입을 딱 벌렸다. 그리고 입술을 모아서 소리 없이 입 모양만으로 '아이고' 하고 신음했다.

살레는 명확한 대답을 얻지 못하자 상대방이 자기 말을 못 알아들은 건지 아니면 너무 고생스러운 모험 끝에 손님들이 뇌를 다친 건지 걱정하며 좀 더 자세하게 설명했다.

"네. 그러니까 제가 여쭤보고 싶은 것은⋯ 단순히 말씀드리자면 이 말입니다. 제 배는 어디 있지요?"

살레는 기대에 찬 눈으로 리프를 바라보았다. 리프는 말을 더듬기 시작했다.

"음⋯ 어⋯ 그러니까⋯ 그게⋯ 배가⋯아아아아⋯ 아⋯직⋯ 섬⋯에⋯ 있겠⋯죠?"

거기서 알렉시스가 끼어들었다.

"네, 맞아요. 배가 아직 해안에 있어요. 불편을 끼쳐 드려서 정말 죄송합니다만…."

장난스러운 미소가 알렉시스의 얼굴에 떠올랐다.

"선장님하고 선장님 부하들이 직접 가서 가져오셔야 할 것 같은데요."

리프는 눈을 휘둥그렇게 떴다.

"우워… 워어… 알렉시스, 그건 내 기준에도 좀 무례했는데!"

살레의 얼굴이 진한 빨간색으로 물들었다.

"작은 공주님, 죄송합니다만 잊으신 것 같네요. 제가 다시 말씀드리죠. 여러 세대 전에 우리 종족은 우종섬에 돌아가지 못하는 저주에 걸렸습니다! 해변의 모래에 발을 디디는 순간 우리 모두 먼지로 변한다고요!"

알렉시스는 연신 고개를 끄덕이며 기쁨에 차서 양손을 문질렀다.

"아, 그런 고통이 있으셨군요. 그래서 말씀인데요, 좋은 소식이 있거든요."

살레의 표정은 이제 당황해서 흐려졌다. 알렉시스가 말을 이었다.

"불의 시험에서 보너스 문제까지 다 맞힌 보상으로 산의 노인 셴이 제 소원을 두 가지 들어주겠다고 했어요."

침묵. 혼란과 당황으로 분위기가 무거웠다.

"첫 번째 소원을 써서 산의 노인한테 구름을 걷도록 비를 내리게 하는 걸 도와 달라고 했어요. 그리고 다른 소원 말인데요. 어, 산의 노인은 못마땅한 것 같았지만 저주를 풀겠다고 동의했어요."

옴바크족 사람들이 수군거리기 시작했고 웅얼거림이 점점 퍼지며 커져 갔다.

"그러니까, 선장님과 선장님의 사람들은 고향 우종섬으로 돌아갈 수 있어요!"

다시 침묵.

다음 순간 옴바크족은 한꺼번에 기쁨을 감추지 못하고 환호했다.

"그러니까 내 등 뒤에서 셴하고 소근거린 게 그 얘기였군!"

리프가 추리했다.

"아가야, 넌 정말 매번 날 놀라게 하는구나!"

할머니가 자랑스럽게 외쳤다. 살레가 무릎을 꿇었고 옴바크족 전체가 그를 따랐다. 수백 개의 무릎이 나무 갑판에 닿으며 천둥 같은 소리가 파도처럼 배에 울렸다.

"제…제발 일어나세요! 여러분 다들 정말⋯."

알렉시스가 당황해서 말을 시작했지만 살레가 재빨리 가로막았다.

"저…저는⋯ 저희는⋯ 저희 종족은⋯. 저⋯ 무슨 말을 해야 할지 모르겠습니다. 이건 꿈, 아니 저희가 이미 포기한 환상이었어요. 하지만 오늘, 작은 공주님 덕분에⋯ 저희가 드디어 집에 갈 수 있게 되었어요⋯. 집을 잃고 떠돌아다닌 지 그토록 오래 됐는데⋯."

커다란 살레 선장은 울음을 터뜨렸다. 그의 아내 아킬라가 서둘러 달려왔고 귀여운 아들 자인도 따라왔다.

"남편이 말씀드리려는 건요."

아킬라가 대신 말을 이었다.

"정말 진심으로 감사드린다는 거예요. 옴바크족 전체가 작은 공주님께 영원히 큰 빚을 졌습니다. 미스트에서 언제든 배를 타셔야 한다면 저희 배와 최고의 선원들이 모시겠습니다."

알렉시스의 귀가 빨개졌다.

"어머나 세상에. 정말 아무것도 아니에요. 제발 다들 일어나세요."

알렉시스는 입술을 깨물었다.

"하지만 한 가지 단단히 약속해 주셔야 할 게 있어요."

225

"뭐든지 말씀하세요."

아킬라가 장담했다.

"섬으로 가시기 전에, 이제부터는 바쿠를 사냥하거나 다치게 하지 않겠다고 약속해 주셔야 해요."

살레가 마음을 추스르고 일어서서 자기 가슴에 한 손을 얹었다.

"저의 종족을 대표해서 엄숙하게 맹세하겠습니다. 다시는 바쿠를 사냥하지 않겠습니다."

***

공기는 음악과 노래와 신나게 춤추는 소리로 가득 찼다. 흥겨운 옴바크족 파티가 벌어진 것이다. 배가 지금 막 우종섬의 마법을 막는 방어막 안으로 미끄러져 들어왔다. 알렉시스는 할머니를 몰래 훔쳐보았는데, 할머니가 계속 손가락을 튀겼지만 갑자기 불꽃이 사라졌기 때문에 방어막 안으로 들어온 것을 알 수 있었다.

"존경하는 여러분, 잠시 제 말 좀 들어 주시겠습니까?"

살레가 큰 술병을 허공에 높이 들어 올렸다. 술병 안에는 옴바크족 특산물인 바다코코넛 열매를 발효시킨 와인이 가득 들어 있었다.

"연설한다! 연설! 연설!"

군중이 열광하며 환호하기 시작했다.

"우리 주인공은 어디 갔습니까?"

살레가 물었다.

"여기 있어요!"

아킬라가 구석에 숨어서 할머니와 리프와 함께 허겁지겁 음식을 먹고 있던 알렉시스를 끌고 나와 외쳤다. 그리고 아킬라는 알렉시스를 살레 옆으로 데리고 올라가 모두의 주목을 받게 했다.

"좋아요! 아이구… 미안합니다!"

살레의 커다랗고 무거운 손이 알렉시스의 등을 열광적으로 두드리자 알렉시스는 엉겁결에 몇 걸음 앞으로 밀려 나갔다. 살레가 헛기침을 했다.

"우리 민족의 총지휘자로서 저는 오늘 이날을 옴바크족 연례 축제의 날로 선언합니다!"

박수갈채가 터져 나왔다. 살레는 조용히 해 달라고 손짓한 뒤에 말을 이었다.

"매년 우리는 바다 위, 지금 서 있는 이 자리에서 배를 타고 축제를 거행하여 미래 세대에게 우리가 땅도 나라도 없는 바다 유목민으로 살아왔던 긴 세월을 기억하게 할 것입니다. 그리고 무엇보다도 지구와 미스트의 두 세계 출신인 우리 어린 영웅 공주님 덕분에 우리가 어떻게 해서 더 이상 유목민이 아니게 될 수 있었는지 기억하고 축하할 것입니다!"

모두가 있는 힘껏 소리치며 환호했다. 컵과 술병들이 쨍그랑거리며 서로 부딪쳤다. 알렉시스는 그저 자기 신발을 내려다볼 수밖에 없었다.

'헐, 나 혼자만 한 거 아닌데.'

알렉시스는 할머니와 리프를 쳐다보며 함께 와서 서 달라고 부탁하려 했지만 아무 소용없었다. 살레가 다시 조용히 해 달라고 손짓했다.

"지금부터 앞으로 영원토록 이날을 '고향에 돌아가는 날'로 선언합니다!"

박수 치고 발을 구르는 소리가 울려 퍼져 아마 바다를 가로질러 수십 킬로미터 바깥에서도 들을 수 있었을 것이다.

***

모두가 다 영웅 알렉시스의 손을 잡아 흔들어 주고, 모여 있던 사람들이 마침내 흩어지고, 리프가 다시 한번 음식상이 차려진 곳으로 돌아간 뒤에 할머니는 알렉시스의 팔을 잡고 한옆으로 데려가 갑판에서 가장 조용한 자리를 찾아냈다. 흥분과 축하와 열광의 도가니 속에서 알렉시스는 지금에야 할머니가 갑자기 지치고 ―말하자면― 나이 들어 보인다는 것을 깨달았다.

"괜찮으세요, 할머니? 무슨 일이에요?"

"그냥 피곤해서 그래. 밤새 너무 힘들었고 여행 자체도 힘들었으니까. 날개 근육도 아프고 그 불덩어리 만드느라 기운이 많이 빠졌거든."

할머니는 어떻게든 힘을 내어 웃음 지어 보였다.

"푹 자고 나면 좋아질 거야. 걱정 마라, 아가야."

할머니는 알렉시스의 양손을 모아 쥐었다.

"아가야, 네가 얼마나 자랑스러운지 아마 상상도 못 할 거다. 네 부모님이 처음에 너를 우리 오두막에 데려왔을 때 너는 수줍고 조용하고 조그만 어린애였지."

할머니가 놀렸다.

"이렇게 지루하고 아무 해도 끼치지 않는 할머니마저 무서워했잖니!"

알렉시스의 양 볼이 빨갛게 물들었다.

"하지만 지금 보렴! 두융을 이기고 낭마이들에게 자유를 가져다주고 바쿠를 타고 날아다니고 옴바크족 전체가 고향으로 돌아갈 수 있게 해 줬어!"

할머니는 알렉시스의 양손을 꼭 쥐고 이마에 따뜻하게 뽀뽀해 주었다.

"내 손녀가 그런 일을 척척 해내는 아이였구나."

할머니는 떨리는 숨을 들이쉬었다.

"이번 여행에서 정말 많은 고난을 마주치고 극복했지. 하지만 사랑하는 알렉시스, 나에겐 이다음 고난이 가장 힘들 것 같아 걱정이구나."

'네?'

알렉시스의 머릿속에 수백만 가지 생각들이 요동쳤다.

'우리 모험이 아직 안 끝났어? 재료를 뭔가 빼먹었나?'

할머니의 눈에 고통스러운 눈물이 고여 반짝이는 것이 보였다.

"이제는 네가 집에 돌아가서 할아버지를 구해야 할 때가 왔어."

'응?'

"그리고….'

할머니의 목소리가 갈라졌다.

"나는 너와 작별 인사를 해야만 하는구나."

'잠깐, 뭐라고요?'

알렉시스는 무릎이 떨리기 시작했다.

"하…할머니… 뭐라고 하셨어요?"

"내…내 말이 굉장한 충격인 거… 아…안다."

할머니는 마음을 단단히 먹고 말을 계속했다.

"달리 어떻게 말해야 할지 모르겠으니 그냥 있는 그대로 얘기하마. 내가 미스트에서 추방당했다는 얘기 기억하니?"

너무 놀라 목소리조차 내지 못하고 알렉시스는 그저 약하게 고개를 끄덕였다.

"그래. 할아버지가 이쪽 세계에 다시 발을 디디면 영원히 감옥에 갇힐 거라는 얘기도 했지."

할머니가 한숨을 쉬었다.

"자, 여기엔 비하인드가 있어. 그러니까 내가 다시 날개를 달기만 하면 곧장 도로 미스트로 보내진다는 거야. 그리고 미스트에 발을 디디는 순간 나는 여기에 언제나 남아 있어야 해. 다시는 지구로 돌아갈 수 없어…."

이 말의 의미를 이해하기 시작하면서 충격이 흩어지고 뭉쳐 알렉시스의 마음속에서 분노가 되어 차올랐다.

할머니는 깊고 떨리는 숨을 들이쉬었다.

"바로 그래서 내가 젊었을 때 고향을 떠난 후로 단 한 번도 다시 돌아오지 않은 거야. 너와 네 부모님, 그리고 할아버지를 다시는 볼 수 없을 테니까⋯."

알렉시스의 얼굴이 새빨갛게 물들었다.

"그런데 그 얘기를 지금에야 해 주시는 거예요?"

알렉시스는 부글부글 끓다가 마침내 폭발했다.

"어째서요? 지구를 떠나기 전에 말씀해 주셨어야죠! 같이 다른 방법을 찾아 볼 수도 있었잖아요!"

할머니의 손을 뿌리치고 알렉시스는 믿을 수 없다는 듯 고개를 저었다.

"거짓말쟁이! 할머니는 거짓말쟁이예요! 나랑 같이 집에 간다고 약속했잖아요! 거짓말쟁이!"

할머니는 괴로운 숨을 깊이 들이쉬면서 손으로 얼굴을 가렸다.

"사실은 집에 가기 위해서 최선을 다하겠다고 약속했어. 그리고 여기가 내 집이야."

할머니는 흐느꼈다.

"상관없어요! 그냥 말장난이잖아요! 거짓말쟁이!"

알렉시스는 고함치다가 같이 흐느껴 울기 시작했다. 할머니가 버티는 알렉시스를 당겨서 품에 안았다.

"아냐, 난 진심이었다. 지금 당장은 돌아갈 수 없지만 어떻게든 집에 돌아갈 방법을 찾기 위해서 할 수 있는 일을 다 할 거라고 꼭 약속한다."

알렉시스는 눈에서 쏟아지는 눈물을 참기 위해 애썼다.

"하지만… 하지만 불공평해요! 드디어 할아버지를 구할 수 있게 됐는데 대신 할머니를 잃게 됐잖아요!"

할머니는 알렉시스의 이마에 달라붙은 앞머리를 손가락으로 쓸어서 할아버지가 자주 하듯이 정리해 주었다.

"절대로 너희를 떠나려고 했던 게 아냐. 그리고 떠나지도 않았을 거야. 할아버지한테 그런 일만 일어나지 않았으면."

할머니의 손가락이 이번에는 알렉시스의 볼을 다정하게 어루만졌다.

"그런 일이 일어나고 나서는 그냥 달리 선택지가 없었어. 치료 약을 찾기 위해서 미스트에 돌아오지 않았다면 나만 확실히 남편을 잃는 게 아니라 너도 사랑하는 할아버지를 잃게 됐을 테니까."

할머니가 생각에 잠긴 미소를 띠었다.

"그러니까 나는 그냥 한쪽만 모든 걸 다 잃는 편이 낫겠다고 결심한 거야."

알렉시스는 할머니를 꼭 껴안고 온 힘을 다해 결사적으로 매달렸다.

"안 돼요! 할머니를 잃을 수는 없어요. 이제 막 할머니하고 친해지기 시작했단 말이에요! 이건 불공평해요. 불공평하다고요."

"아가야, 솔직히 말하면 난 너를 절대로 미스트에 데려오지 말았어야 한다고 생각해. 하지만 이기적이게도 나도 너와 같이 이 모험을 하고 싶었어. 혹시나 이번이 너와 함께 있는 마지막 기회가 될지도 모르니까."

알렉시스의 가슴속에 다시 눈물이 차오르기 전에 할머니가 말을 이었다.

"하지만 말이다. 실제로 이 여행이 위험하기도 하고 고생스럽기도 했지만 너하고 같이 헤쳐 나간 건 내 평생에 가장 잘한 일이었어. 왜냐하면 우리가, 우리가 할아버지를 구할 재료를 전부 모았으니까. 우리가 같이 해냈잖니."

알렉시스는 고개를 끄덕이고 눈물 사이로 용감하게 미소를 지었다.

"네, 우리가 해냈어요, 같이."

할머니가 손수건으로 눈가를 닦았다.

"자, 우리 꼬마 영웅 아가씨. 푸른 난꽃의 감로가 아직 신선할 때 할아버지한테 돌아가야지. 나도 이제 집에 가야 할 때가 됐어. 네 증조할아버지, 그러니까 내 아버지하고 여러 가지를 풀어야 할 때가 됐으니."

알렉시스의 귀가 쫑긋해졌다.

"테멩 왕이 할머니 저주를 풀어 주거나 최소한 할아버지를 감옥에 안 가두게 됐으면 좋겠어요!"

할머니는 어깨를 으쓱하고 고개를 끄덕였다.

"어찌 됐든 지금 내가 작별 인사를 한다고 해도 사실은 분명히 '나중에 보자' 정도 의미일 거라고 생각해. 예전에는 내가 여기 다시 돌아오는 순간 절대로 너희를 만날 수 없게 될 거라고 생각했지만, 너희 할아버지가 항상 말하듯이 '절대'라는 건 없으니까. 왠지 네가 미스트에 오는 게 이번이 마지막은 아닐 거라는 생각이 드는구나."

할머니의 얼굴에 미소가 떠올랐다.

"나야말로 널 여기 못 오게 하는 데 얼마나 실패했는지 봐라, 그것도 두 번이나!"

알렉시스는 소매로 얼굴을 닦고 기침을 하며 웃었다.

"그건 확실히 맞아요, 할머니. 절대로 여기에 할머니 혼자 내버려둘 수는 없었다고요! 할머니를 다시 지구에 모시고 갈 방법을 찾지 못하면 제가 여기 다시 올 거예요! 어쩌면 엄마 아빠도 여기 데려올 방법을 찾을지도 몰라요! 그리고 할아버지도요!"

할머니가 미소 지었다.

"너를 잘 알게 되고 나니 분명히 그렇게 할 거라는 생각이 드네, 아가야."

할머니는 고개를 돌려 리프를 불렀다.

"리프? 리프!"

리프는 배의 돛대에 기대어 귀에 쏙 들어오는 옴바크족의 전통 음악 박자에 맞춰 돛대를 두드리고 있었다. 할머니가 부르는 소리를 듣고 리프는 당장 몸을 똑바로 세우고 달려왔다.

"네, 공주님?"

그리고 리프는 할머니와 알렉시스의 빨갛게 부은 눈과 젖은 코를 보았다.

"어, 다들 괜찮으세요? 음식이 그렇게 맛이 없었나요?"

"음식은 훌륭했어. 그게 아니라 알렉시스가 집에 가야 하기 때문이야. 그리고 너도 알다시피 난 같이 갈 수 없으니까."

"네? 왜 못 가요?"

리프는 머리를 긁적이다가 마침내 깨달았다.

"아, 그 저주요. 아."

리프가 알렉시스를 쳐다보았다.

"그건 안됐네. 그렇지만 좋은 쪽으로 생각해. 앞으로도 나는 계속 볼 거잖아!"

알렉시스는 한숨을 쉬었다.

"나도 저주받은 모양이네."

할머니가 깔깔 웃었다.

"내가 이런 말을 하게 될 줄은 몰랐지만 너희 둘이 투닥거리는 게 그리워질 거다."

그리고 깊이 숨을 들이쉰 뒤 할머니가 리프에게 말했다.

"리프, 내 손녀를 안전하게 집으로 데려다주겠니?"

"기꺼이, 영광으로 알고 그렇게 하겠습니다."

리프가 고개를 숙인 뒤 알렉시스에게 한 손을 내밀었다.

"준비되셨나요, 작은 공주님?"

'아니, 싫어. 절대로.'

알렉시스는 한탄했다.

'하지만 선택지가 없는 건 나도 알아.'

알렉시스는 마지막으로 온 힘을 다해 할머니를 꼭 껴안고 말했다.

"사랑해요, 할머니."

알렉시스가 흐느꼈다. 할머니도 눈을 감고 알렉시스를 꼭 껴안았다.

"아아, 사랑. 모든 선물 중에서 가장 위대한 것. 기억풀 재료 중에 적혀 있지는 않지만 가장 결정적인 재료."

할머니가 알렉시스의 등을 문질렀다.

"할아버지가 해 주신 얘기를 또 하나 들려줄게, 알렉시스. 사랑이 씨앗이라면 그 씨앗에서 자라나는 참나무는… 가족이란다. 가족이야. '내 가족이 내 세계다'라고 외치면서 세상을 2초만에 돌았던 거 생각나니? 그래. 가족이 전부야. 가족이 나무 전체란다. 나무를 꽉 잡아 주는 뿌리부터 줄기까지 올라가서 가지와 나뭇잎, 그리고 가지에 달린 열매까지. 전부다. 토양, 뿌리, 꽃과 열매. 그래서 가족 나무라고 하는 거야. 나뭇가지는 서로 다른 방향으로 자랄 수도 있어. 그렇지만 뿌리는 언제나 하나란다."

할머니가 촉촉하게 젖은 눈으로 알렉시스를 바라보았다.

"그리고 내 소중한 손녀야, 내 아름다운 봄의 첫 번째 꽃, 너야말로 내가 받은 최고의 선물이야. 널 너무너무 사랑해."

"저도 사랑해요, 할머니. 너무 보고 싶을 거예요."

할머니가 크게 한숨을 쉬었다. 한참 만에 할머니가 물었다.

"할머니가 엄청난 부탁 하나 해도 될까?"

알렉시스는 고개를 끄덕였다.

"나 대신 할아버지한테 이걸 전해 주렴."

그리고 할머니는 몸을 숙여 알렉시스의 볼에 가볍게 뽀뽀했다.

할머니는 마지막으로 손녀의 어수선한 머리카락을 정리해서 귀 뒤로 매끈하게 넘겨 주었다. 알렉시스도 할머니를 껴안고 뽀뽀했다.

이윽고 할머니는 마지못해 몸을 빼고 리프를 향해 고개를 끄덕였다. 손수건이 다시 할머니의 얼굴을 닦았다.

알렉시스도 다시 솟아나는 눈물 속으로 빠지며 할머니에게 손을 흔들었다.

"안녕히 계세요, 할머니. 곧 다시 봬요."

앞이 번쩍거리며 휘몰아치더니 알렉시스는 다시 한번 안개에 휩싸였다.

에필로그: 커튼을 닫다

"콜록! 콜록! 커헉!"

눈을 여전히 꼭 감은 채로 할아버지는 폐를 뱉어 낼 듯 기침을 하며 침대 위에 일어나 앉았다. 견딜 수 없이 역겹고 지독한 맛이 목구멍 뒤에 바짝 달라붙어 할아버지는 몸을 기울인 채 이물질을 뱉어 내려고 요동칠 수밖에 없었다. 입안은 이상한 젤리 같은 물질로 덮여 있었다.

'으! 거기서 이렇게 지독한 맛이 나는구나!'

계속 기침을 하면서 할아버지는 마침내 눈을 뜨려고 애썼다. 그러나 놀랍게도 눈은 거의 눈꺼풀을 붙여 놓은 것 같았다. 할아버지가 손가락으로 눈을 문지르자 먼지와 끈적끈적한 덩어리가 떨어져 나왔다.

'이야, 잠의 요정이 지난밤에 잠 가루를 확실히 너무 많이 뿌렸군!'

마침내 녹슨 봉에 달린 커튼이 열리듯이, 할아버지는 1밀리미터씩 차근차근 눈꺼풀을 천천히 떼어 내서 눈을 뜰 수 있었다.

조금씩 조금씩 동공이 커지며 바깥 세상에서 비쳐 오는 눈부신 빛에 적응했다. 눈이 여전히 침침했지만 할아버지는 두 개의 이상한 형체를 알아볼 수 있었는데, 하나는 아주 작았고 다른 하나는 좀 더 컸지만 그래도 완전히 자란 어른은 아니었다.

"할아버지! 깨어나셨군요!"

아직 어른이 아닌 형체가 소녀다운, 익숙한 목소리로 알렉시스가 외쳤다.

"아…알…알렉시스? 저…저… 정말 너…너냐?"

할아버지가 더듬거리며 말했다. 마치 수십 년이나 말을 하지 않은 것처럼 혀가 무거웠다. 그리고 역겨운 젤리 같은 물질이 혀와 이를 덮고 있는 것도 방해가 되었다.

"네에에에에! 절 기억하시네요, 할아버지! 기억풀이 제대로 들었어! 제대로 들었어! 만세에에에!"

두 그림자가 서로 하이 파이브를 했다.

그리고 손녀는 침대 위에 뛰어올라 할아버지 바로 옆에 앉아 할아버지를 와락 껴안았다. 할아버지는 거의 숨이 멎을 뻔했다.

"어어어어! 그그그 무슨 푸푸풀 말이냐? 그… 저기 내… 내 입을 막은… 끈적끈적한 제…젤리 같은 더더…덩어리 말이냐?"

할아버지는 다시 기침을 하고 못마땅하게 코를 찡그렸다. 마침내 눈앞이 밝아졌고 할아버지는 두 형체에 완전히 초점을 맞출 수 있었다.

'얘는 알렉시스인데, 내 옆에서 왜 울고 있지? 그리고… 잠깐! 이건 케니트야? 도대체 어떻게 된 일이지? 그러면 알렉시스가 다 안다는 얘긴가? 잠깐…. 이 케니트는 낯이 익은데…. 이건 설마….'

"리…리…리프? 너냐?"

"이예…에…. 접니다. 다름 아닌 저예요! 음, 무사하셔서 다행이에요. 그리고 음, 음… 죄송하게 됐는데…. 음… 괜찮으셔서 다행이에요! 돌아오셔서 기뻐요!"

"어? 돌아와? 내가 어딜 갔는데? 상관없다. 지금은 모든 게 너무 어지럽구나."

할아버지는 다시 기침을 하고 혀를 움직여 자신의 이를 만져 보았다.

'잘됐어. 혀는 다시 말을 듣는군.'

할아버지는 손녀를 바라보았다.

"이봐, 새싹. 어떻게 된 일인지 네가 전부 얘기해 줘야 할 것 같다."

할아버지가 리프를 향해 손짓했다.

"저 친구가 여기서 뭘 하고 있는지 그것도 합쳐서 말이다. 하지만 우선… 너 왜 우냐? 나한테 무슨 일 있었니? 그리고 할머니는 어디 계시고?"

알렉시스와 리프는 고개를 돌려 서로 쳐다보았다. 리프가 마른침을 삼켰다.

알렉시스가 망설이다가 멈추었다. 그리고 옷소매로 눈가를 닦았다.

"어… 그걸 전부 말씀드리기 전에 할아버지한테 전해 드릴 게 있어요."

알렉시스는 몸을 뻗어 할아버지의 얼굴에 자기 얼굴을 가까이 댔다. 그리고 갑자기 몸을 앞으로 숙이고 할아버지의 볼에 다정하게 뽀뽀했다.

"할머니가 전해 달라고 하셨어요."

할아버지는 기뻐하며 손녀를 쳐다보았다. 알렉시스의 어수
선한 머리카락이 얼굴을 온통 가리고 있었다.

'저 정글 덩굴이 또 내려왔군.'

"할머니가 어디 계시는지, 그리고 무슨 일이 있었는지
는…."

알렉시스의 매끈한 얼굴에 의미심장한 미소가 떠올랐다.

"할아버지, 이제는 제가 할이버지한테 이야기해 드릴 차례
인 것 같아요."

안개 속의 모험

《미스트 바운드》는 할아버지를 구하기 위한 할머니와 손녀의 모험담이다. 아버지와 아들, 어머니와 딸의 모험담은 많이 봤지만 할머니와 손녀의 모험담은 드문 편이라 일단 관심이 생겼다. 그리고 원래 사이가 서먹서먹했던 할머니와 손녀가 여러 가지 고생을 하면서 서로 돌보고 받쳐 주고 함께 힘을 발휘하는 모습을 번역하면서 나도 왠지 신이 났다.

원작자 대릴 코^{Daryl Kho} 작가님과는 말레이시아 조지타운 문학 축제에서 처음 만났다. 환상 문학 패널에 함께 참여했는데, 대릴 코 작가님은 아버지를 간병하고 떠나보낸 뒤에 이 작품을 썼다고 했다. 그는 아버지와 무척 친했는데, 아버지가 치매 판정을 받고 석 달 뒤에 딸이 태어나자 자신이 알던 모습의 아버지를 딸은 알 수 없다는 게 너무 슬프고 아쉬웠다는 것이다. 그래서 딸이 현실에서는 만날 수 없었던 할아버지를 이야기 속에서 만날 수 있게 이 소설을 썼다고 했다. 작가님이 가족을 사랑하는 마음이 진하게 느껴졌다. 그래서 《미스트 바운드》를 읽고, 귀국하는 날 공항에서 대릴 코 작가님에게 번역하고 싶다고 연락했다.

원작은 영어로 쓰였는데, 문장이 경쾌하고 표현이 다채로워서 번역하면서 굉장히 재미있었다. 나는 어린이나 청소년과 직접 접촉할 일이 별로 없어서 한국 독자들의 생각이나 일상생활 언어를 잘 몰라 조금 걱정되기도 한다. 이 부분에서 편집자들에게 많이 의존했고 감사하게 생각한다.

환상 문학은 주로 영미권 소설인 경우가 많다. 말레이시아 출신으로 싱가포르에 사는 대릴 코 작가님은 딸을 주인공으로 삼은 작품에 일부러 아시아 신화와 전설, 민담을 열심히 공부해 다양하게 활용했다고 한다. 같은 아시아 사람으로서 한국 독자들에게도 아시아 신화, 전설, 민담 속 괴물과 요정들의 다채롭고 풍부한 이야기들을 꼭 소개하고 싶었다. 독자 여러분이 즐겁게 상상의 나래를 펼치며 알렉시스의 모험에 함께하시기를 기대한다.

정보라 드림

미스트바운드 ❷ 다섯 가지 불의 시험

초판 1쇄 발행 2025년 1월 27일

지은이 대릴 코 ｜ **옮김** 정보라
펴낸곳 올리 ｜ **펴낸이** 이원주
기획편집 최현정 정선우 김수정 ｜ **디자인** 전성연 김다현
마케팅 양근모 권금숙 양봉호 이도경 ｜ **온라인마케팅** 신하은 현나래 최혜빈
디지털콘텐츠 최은정 ｜ **해외기획** 우정민 배혜림 정혜인
경영지원 김현우 강신우 이윤재 ｜ **제작** 이진영
출판등록 2006년 9월 25일 제406-2006-000210호
주소 서울시 마포구 월드컵북로 396 누리꿈스퀘어 비즈니스타워 18층
전화 02-6712-9800 ｜ **팩스** 02-6712-9810
이메일 allnonly.book@gmail.com ｜ **인스타그램** @allnonly.book

ISBN 979-11-94246-66-4 (44830)　979-11-94246-64-0 (세트)